L'Arbre à dires

Mohammed Dib

L'Arbre à dires

Albin Michel

Collection « *L'identité plurielle* »

© Éditions Albin Michel S.A., 1998
22, rue Huyghens, 75014 Paris
ISBN 2-226-10565-4

LE RETOUR D'ABRAHAM

1. Les tribulations du nom

Votre nom est tout prêt, il vous attend, vous ne l'inventez pas vous-même, vous n'êtes pas libre de le faire, vous le recevez à votre naissance et, l'ayant reçu, vous le gardez.

Problème : en êtes-vous justiciable dès lors que vous n'en êtes pas responsable ?

Il semble que oui.

Oui. Si vous êtes musulman, et de sexe masculin.

Oui. Puisque, sauf d'une part *Muhammad,* nom que portait le Prophète, et d'autre part ceux que portaient ses Compagnons, des exceptions en somme, tous les autres de par le monde islamique désignent Allah par prétérition.

Entre musulmans, on ne demande pas : *comment t'appelles-tu ?* mais : *comment Allah t'a-t-il nommé ?*

Ainsi, en vous, le Ciel et la Terre voisinent et, humain, il ne vous est guère possible de vous tenir à distance du divin. Votre nom vous mène donc loin, quand bien même il vous aurait été attribué sans votre permission !

Offert en oblation à la divinité par la grâce de ce nom, vous voici en principe tenu d'assumer les responsabilités qu'implique le pacte par lequel l'humain et le divin se sont liés dans le champ clos et ouvert de votre personne. Dans l'hypothèse la plus optimiste, cela fait de vous une sphère d'harmonie où l'Homme et Dieu commercent sans intermédiaire.

Et que l'arabe soit minoritaire parmi les langues dont use le monde islamique, il n'importe : quelque idiome que vous parliez, musulman, votre nom sera arabe et à connotation sacrée.

Il en est du nom comme de la terminologie du culte. Ne se faisant pas en traduction, la prière ne peut se passer de l'arabe – mais de l'arabe tel que par ailleurs l'a transmué en support liturgique le Livre révélé et déposé en cette même langue.

Le nom qui vous identifie est la seule chose qui partage ce privilège avec la prière. Il est bon d'en être instruit et de s'en souvenir.

Allah, dont procèdent tous les noms, le vôtre compris, propre, inaliénable, unique et sous lequel, créature unique, vous serez appelé à vous présenter devant Lui, Allah, de même est le Nom dont procède l'ensemble des activités qui s'inscrivent dans le siècle. *Bism'illah* (au nom d'Allah), on ne saurait y être assez attentif : cette invocation qu'immanquablement on a au bout de la langue et au déboulé de tout fait et geste et qui, toutes références religieuses évacuées, mises de côté, se change dans la pratique ordinaire du langage en un banal équivalent de *allons-y*, même alors et même imprononcée, elle n'en initie pas moins chacun de vos actes.

L'anonymat où, par déficit de sens, cette formule est tombée dans le discours quotidien, va jusqu'à occasionner une dissociation remarquable, jusqu'à provoquer une fracture qui ne donne à entendre que le phonème *nom* (ism) et guère plus le phonème *Allah*. Ce qui implique en tout état de cause que, continuant à force de routine d'utiliser cette expression, vous dédiez en fin de compte vos actions à quelque chose qui n'est qu'un... vocable.

Mais cet unique déterminant nous ramène par un détour inattendu au Nom, l'Unique, dont dérivent tous les noms, parmi lesquels le vôtre, ce nom qui vous pro-jette dans une dimension duelle. En effet, l'*ism* (nom) par quoi débute la devise *bism'illah* réunit et confond en lui dans un mouvement ascendant le *ciel* (smw) comme indication de l'essence et, descendant, le signe (wsm), comme désignation de l'apparence-objet.

Le mot *prénom* n'a pas cours chez les musulmans. Élément fondateur de l'être, le *nom* est le seul désignatif qui, partagé ouvertement avec la divinité et vous appartenant en propre, vous nomme dans le secret et la confidence du cœur. Le seul aussi dont vous puissiez attendre qu'il vous permette de choisir selon votre vœu, en confiance et en justice, l'unique nom entre tous que vous aimeriez vous reconnaître et emporter avec vous dans la tombe.

Que je parle ou écrive, il n'y a que cet agent verbal qu'est mon nom pour m'introduire dans l'univers du langage. Un événement – un avènement ? – dont je ne vois par quel autre moyen, quel autre biais, il m'adviendrait. Question inévitable dès lors : sans un nom apte à me faire une place dans le langage, que serais-je ? Et que ferais-je d'une présence au monde absente du logos ?

Cependant je sais que ce nom dont je suis pourvu n'est pas tout à fait moi, encore qu'il me désigne, m'identifie. Entre lui et moi, comme entre le langage et moi, existe cet habitat du non-dit que mon nom ne nomme pas, désert incommensurable où je ne cesse de courir vers la demeure du dit, l'oasis de la formulation qui, nommant la divinité, me nomme en quelque sorte à son corps défendant. Comme la religion hébraïque, l'Islam enseigne l'innommé.

Je me pose encore une question, une de plus. Cette part en nous qui n'a pas de nom, ne prend-elle pas exemple sur la divinité lorsque cette dernière se retire dans son nom innommable dont, s'il existe, nous ne pouvons nous faire une idée, ni faire qu'il nous soit révélé ? En un mot, ne participons-nous pas aussi d'un nom, quel qu'il soit, voué à rester celé ?

D'interrogation en interrogation nous sommes finalement conduits à nous demander si, moins qu'une forme de spoliation, cette part absente ne nous fait pas riches d'une richesse qui permet tous les espoirs et celui, pour commencer, de nous voir élevés à une dignité secrète, la dignité qui se trahit dans le sourire de l'Ange rémois ?

Toujours est-il que, si à la faveur de mon nom, en même temps que je fais mon entrée dans le langage en entrant dans le monde, j'acquiers la faculté nommante, c'est déjà ça, c'est beaucoup. C'est énorme. Et il ne me faut jamais oublier que ma fonction nommante, je la dois à l'identification dont j'ai bénéficié en recevant mon nom.

Il me reste malgré tout un regret. On a dit, mais est-ce encore vrai, que le nourrisson chinois ne reçoit qu'un nom provisoire à sa naissance et attend d'avoir atteint la majorité pour choisir lui-même le nom qu'il reconnaîtra en conscience et en droit pour être le sien. Que ne jouissons-nous, sans avoir le privilège d'être Chinois, d'une pareille latitude !

Pour ma part, j'irais jusqu'à débaptiser d'autorité toutes choses pour leur inventer des noms nouveaux. Reste, bien sûr, à savoir s'il leur importerait tant que cela d'être re-nommées par moi, si elles se soucieraient d'un nom qu'elles ne se sont pas donné elles-mêmes. Ce n'est pas si sûr. L'univers hélas ne m'a pas attendu pour être nommé et mille fois hélas pour dire s'il se satisfait des dénominations distribuées à tout ce qu'il renferme !

2. *Écrire lire comprendre*

Quand bien même le sens de telle ou telle œuvre ne nous semblerait pas, au prix d'un certain effort de réflexion, impossible à saisir, ce résultat ne saurait être atteint pleinement, et vérifié, sans l'usage d'un code de lecture, dont il nous faut encore posséder la clé. Cette clé nous est fournie avec notre culture – le mot culture étant pris dans son acception large de formation de la personnalité dans une société donnée – sous les espèces d'un système de références. Seul ce dernier est à même de nous ouvrir le sens d'une œuvre, et de toute œuvre, à condition que l'œuvre en question relève de notre aire de culture.

Soyons plus clairs, considérons par exemple les livres des auteurs maghrébins d'expression française. Du fait qu'ils sont écrits en français, le lecteur français ne devrait, à l'évidence, avoir aucune peine à en aborder la lecture, à y entrer. Et pourtant, dans la pratique, il n'apparaît pas moins évident qu'il éprouve quelque mal à en percevoir tout l'implicite. Bien sûr ! Car, tout écrits en français qu'ils soient, les livres des auteurs maghrébins se fondent et fonctionnent sur des références autres que françaises et, plus généralement, qu'européennes.

Comme ce lecteur, la critique, s'il lui arrive de leur accorder quelque attention, elle-même est embarrassée et ne peut faire autrement pour s'en sortir que d'en solliciter le sens, de les coucher sur le lit de Procuste de son système de références à elle – sans le savoir certes mais sans voir qu'elle les supplicie, les violente. Serait-elle animée des meilleures intentions qu'elle tomberait dans le piège des abus interprétatifs.

Donc, n'importe quelle clé n'ouvre pas n'importe quelle porte, et un système de références utilisé hors de son champ d'application pousse l'esprit de jugement sur des voies aventureuses. Mais ne nous aventurons pas, nous non plus, sur la base d'un pareil raisonnement, à donner des cultures du monde l'image de places fortes retranchées derrière des murs infranchissables. Pour différente qu'elle puisse être de la nôtre, une culture s'approprie aussi, s'investit, l'esprit humain le permet qui ne connaît pas d'obstacles qu'il ne soit susceptible de vaincre. Si nous, afin de faire de la langue française notre moyen d'expression, avons été capables de l'assimiler, d'assimiler ce faisant une bonne dose de culture française, et d'appréhender au moins en partie son système de références, de quoi la critique et les lecteurs français ne seraient-ils pas capables si l'envie leur prenait de nous payer de retour ?

La traversée de culture à culture n'est pas d'une difficulté surhumaine, il suffit de vouloir l'entreprendre, et l'on découvre que c'est une aventure passionnante. Alors sera passé le temps où la préférence joue uniquement en faveur des œuvres-documents à toile de fond ethnographique, voire folklorique.

Mais revenons sur cette notion de *système de références*. Comment pourrait-on la définir ? Je dirais pour ma part qu'un système de références est une grille qui organise et commande l'expression et la lecture à l'intérieur et dans la cohérence d'un paysage commun au producteur et au destinataire de l'expression, ce qui implique bien entendu que, de part et d'autre, on dispose de la même grille.

Nous énonçons cela plus simplement lorsque nous disons : *nous parlons la même langue,* ou plus souvent : *nous ne parlons pas la même langue.* Ainsi, le processus d'expression, d'écriture, comme le processus de lecture et d'entendement, ne va de soi qu'en apparence. Je vais me faire plus concret et donner un exemple cette fois de ce qui, dans le cadre de notre réflexion, représente un type

17

qualifié de référence. Les Algériens vivent avec, à leur porte, un des plus grands déserts du monde. Même s'ils l'ignorent, même s'ils l'oublient, il est là et non pas qu'à leur porte mais en eux, dans la sombre crypte de leur psyché. Composante de leur paysage physique, il ne l'est pas moins de leur paysage mental, et le désert, souvenons-nous-en, les trois religions révélées y sont nées. Qu'il s'agisse de ce désert-ci ou de ce désert-là n'y change pas grand-chose : tout désert ressemble au désert comme l'eau à l'eau. Il est partout le lieu de la négation de l'Histoire, de même que, par leur passage et pour y être apparues, les religions sont ahistoriques. Lieu de toutes les naissances, le désert est également celui de toutes les régressions.

Gardons encore devant nos yeux cette image du désert, scrutons-la de plus près, feuille blanche sur laquelle tout peut s'écrire, et s'effacer l'instant d'après. L'effacement, effet d'une intolérance à tout ce qui transgresse et ambitionne de laisser une trace, produit aussi le désert. Le désert qui vit, qui bouge, qui marche, qui va, qui vient et qui repart pour revenir sur ses pas, et qui a partie liée avec le vent. Théâtre des marches caravanières, parcours du nomade, il est lui-même caravane et nomade. Et que l'homme croie pouvoir y accéder aux arcanes de son destin, le désert le lui laisse croire ; il s'y prête mais juste le temps qu'il se ressaisisse, le laps de temps avant que l'effacement ne le rende à son silence, sa mutité, à la seule parole du vent.

Empire de l'éternel, le désert est au même titre empire de l'éphémère. Ce que n'oublient jamais les géomanciens quand ils vous prédisent votre avenir dans le sable. Avez-vous observé comment ils procèdent ? Une mesure de sable, ils la répandent entre eux et vous, l'étalent puis, de leurs doigts agiles, y griffonnent des signes, qu'ils annulent aussi rapidement du plat de la main pour recommencer, tout en murmurant des propos que vous avez peine à comprendre et à retenir. Et que reste-t-il à la fin ? Un amas de sable revenu à son état originel, muet mais sur le point de reprendre la parole pour vous murmurer, quoi ? La même chose, pour vous apprendre que vous êtes – vous. Cela, cet abîme de l'essence, l'Algérien le porte en lui, son imaginaire, sinon sa conscience éveillée, en porte l'estampille. Cela, sans mémoire dont on ne saurait perdre la mémoire.

3. *Les tribulations du nom (suite)*

Il est des sujets avec lesquels on n'en a jamais fini.
Je n'en finis pas en tout cas d'en découdre avec
celui-ci. On aura d'entrée de jeu remarqué qu'il
est mon sujet et objet, le mot *nom* lu ou écrit en
sens inverse se changeant en *mon*. Ainsi suis-je
amené à constater que, disant : *mon nom,* je ne fais
que dire, quoi au juste ? Qu'on est soi ? Qu'on est
son nom ? Qu'on est : *nom mon ? Mon* quoi ? Nommant soi ? Nommant quoi ?

Il est heureux à la réflexion que cette proximité du son jouxte un tel écart de sens. C'est
entre les deux, dans cet écart que j'existe. Une
faille, un défaut qui me ménage un espace de
liberté où je peux bouger, circuler, oublier par
instants mon origine, qui n'a de cesse de se rappeler à moi, de me rappeler à elle. Qui me permet de n'en être pas l'éternel captif.

L'origine est certes ce qui est habitable. C'est,
de même, ce qui est inhabitable. Elle est ce dont

20

on a besoin pour la quitter : l'air y est si mortellement rare, sans solution de continuité ! Refuge sûr, solide, sans autre solution que la continuité et – tout ensemble – contrée désolée, désolante.

Il n'est à ma grande surprise rien comme ce mouvement centrifuge qui me porte ailleurs quand, par exemple, je tente d'aller vers autrui, pour se retourner à mi-course et, mouvement centripète, me faire rebrousser chemin, me refouler vers le centre. Force d'attraction et de répulsion, l'origine travaille sans fin à m'écarteler entre le proche et le lointain sans me procurer une chance de lui échapper. Vénéneuse, elle opère à la manière d'un charme auquel on voudrait se soustraire et ne pas se soustraire.

Peut-être y a-t-il une question d'innocence à se poser et qu'il faut se ressouvenir de cette vieille idée selon laquelle l'innocence ne se peut recouvrer que par fusion dans l'origine, celle-ci perçue comme l'indépassable point où divinement fondre, s'embrasser soi-même. Parti de l'*Un,* je n'aspire qu'à revenir à l'*Un* pour y puiser de nouvelles énergies, retrouver dans un état *zéro* équilibre et stabilité durables.

Le problème dès lors est celui que me crée cet état *zéro.* Par quel détour l'aborder et, l'ayant abordé, que vais-je découvrir ? Au bout du compte serait-ce une destination ultime ou, malgré les apparences, une simple station placée sur mon passage parmi d'autres à prévoir, de nombreuses autres ? À ce qu'il me semble, nous n'allons vers l'état *zéro* qu'à la manière des derviches tourneurs et n'allons nulle part en fait. Mais cette danse n'aura pas, de longtemps, fini de faire miroiter à nos yeux un horizon d'espoir non encore vraiment perdu. Nous mettant en orbite et à portée d'un Éden toujours accessible, visitable, elle nous promet le retour désiré.

N'était que, comme le rappelle un proverbe, si Dieu fait marcher les hommes, le Diable les fait danser et il n'y a pas à s'étonner que la danse de l'innocent lui reste chevillée au corps. Même s'il croit en la perte du paradis, c'est sans trop y croire. Ange chu dans la matière, et déchu, il n'est pas moins persuadé que ce serait le Diable s'il ne se voyait pas rétabli dans sa nature séraphique, sa pureté *(tahara)* originelle. Et de rêver, encore rêver d'innocence. De se nourrir de nostalgie. Nous sommes tous des innocents.

Notre propension à nous mettre aussi à la place de Dieu est illimitée. Mais la mystique devrait toujours être suspectée de mystification : qu'est-ce qu'entrer en innocence ? Est-ce, à tant danser, se faire immobile jusqu'à ce que, de proche en proche, on accède à l'inamovibilité ?

Sans nul doute atteint-on là l'état après lequel tout un chacun languit en toute innocence. Pas une question n'en surgit, plutôt qu'un Grand Œuvre, l'univers devient un Grand Désœuvrement. Nous pouvons en revanche regarder ce qui *sous le masque* passe, avance, mais toujours sans nous poser de questions. Égales, se font la moins et la plus importante des choses. Nous sommes en *état de grâce*.

Rédimés par anticipation, nous voici rendus au pur et tendre sein de l'origine, l'ayant mérité de droit parce que c'est nous.

Retrouvailles avec l'enfance, la nôtre, celle du monde, de l'humanité, de tout. Noces.

C'est nous, sauvés. Mais à quel prix ? Nous sommes impuissants à nous en faire une idée, si extravagant est-il. Un prix à la mesure de l'infini, de l'éternité. L'état d'innocence ne s'obtient pas sans sacrifice, et l'objet dévolu au sacrifice s'avère forcément un innocent. C'est alors qu'entre nous et l'ange la vitre s'embue et que, de sacrifice en sacrifice, un souffle de plus en plus empoisonné l'opacifie.

L'altérité dont nous sommes porteurs est ce dont nous supportons le moins le fardeau ; bien moins encore en tolérons-nous la manifestation. Et c'est son altérité que nous imputons à crime à l'Autre. De quel recours disposons-nous contre elle ? Nous hâter de supprimer l'Autre, puis réintégrer la sécurité du même, reprendre le nom immaculé.

En va-t-il de même de la rose, du cheval, de l'arbre ? S'évadent-ils de leur nom pour en éprouver ensuite l'obsession nostalgique, se sentir dilacérés par l'envie de nomination-signe d'identité ? Questions saugrenues ? Et pourquoi donc ? Parce que *a rose is a rose is a rose is a rose* ? Sans plus ? Et que de surcroît elle ignore, quand ce serait trois fois affirmé, qu'elle s'appelle ainsi et n'a pas à le savoir ? Mais qui a décidé cela ? Parlant d'elle, ou du cheval, ou de l'arbre, c'est nous qui les mettons en demeure de prendre tel nom dont il nous plaît de les affubler et faisons comme si cette obligation allait de soi. Quelqu'un s'est-il jamais préoccupé de s'informer du nom dont eux nous désignent, à supposer qu'ils n'aient pas choisi d'oublier notre existence ?

L'homme est seul au milieu d'eux, au milieu de la Création. Et pourtant le seul à ne guère trouver de repos avant d'avoir nommé chaque chose. Et, seul à faire les questions, il est le seul à y répondre, mais pour donner sans vergogne la réponse qui lui convient. Sachant que la rose, le cheval ni l'arbre ne le contrediront.

A rose is a rose is a rose is a rose. Nous pouvons toujours réciter ce chapelet : nous le réciterons dans la solitude. Nous ne respirons et n'expirons que l'atmosphère qu'à partir de mots que notre souffle crée. Le discours que nous adressons au monde ne le nomme pas, il n'est que le miroir dans lequel nous nous regardons, nullement du reste pour y chercher notre image, mais notre nom.

On ne part jamais de l'état *zéro*, on y aboutit. Présence de l'absence, tache aveugle, blancheur.

L'état *zéro*.

4. Le malentendu
(Ce qu'il donne à entendre)

Si était fondée en raison et en validité l'opinion soutenue ci-avant selon laquelle le sens d'une culture ne peut, sans la possession d'une grille de décryptage, que nous échapper : toute culture étrangère, monument d'incommunicabilité, devrait dans ce cas nous apparaître comme un sphinx accroupi dans son désert et ce serait à la fois désespérer de l'homme et de son génie.

Pourtant il est bien vrai que, débarquant dans une culture dont par définition je ne détiens pas les clés, je suis condamné à en voir l'esprit, sinon la lettre, m'échapper. Là précisément est ce qui caractérise l'exil, qui en fait un cauchemar, le marque au sceau de toutes les amertumes. Sa signification profonde gît dans cette fermeture du sens sur quoi, migrant, je bute. Il suffit pour s'en convaincre de visiter les centres psychiatriques réservés aux Maghrébins de France. On tombera dans un purgatoire, qu'on ne soupçonne pas, où, âmes en peine, ces autistes culturels ruminent leur détresse.

On n'entre pas de plain-pied, et encore moins par effraction, dans le génie d'un autre peuple. L'exil, c'est être aveugle, non des yeux, mais de la voix, c'est ne savoir comment demander son chemin. Votre voix étouffe sous la pléthore des signaux illisibles que votre regard capte tandis que vous allez montrant à chaque passant une adresse inscrite sur un bout de papier.

Pourtant, il n'est pas vrai que l'accès à une culture différente nous soit interdit sans appel. À quel moyen l'immigré, le transfuge, va-t-il alors devoir d'entrer dans la place ? Au *malentendu*.

C'est sûr.

Mais tout de suite, notons que le mot est ravalé, pris d'ordinaire en mauvaise part. À tort, estimons-nous. En effet, si dans *malentendu* nous prêtions mieux l'oreille à ce qui est *entendu,* nous aurions trouvé le passage secret qui mène d'une sensibilité à une autre, d'une intelligence à une autre. D'une culture à une autre. L'anglais est plus explicite qui fait dériver *misunderstanding* de *understanding*; il en est ainsi de l'arabe, par ailleurs.

L'*entendu* sous couvert de *malentendu* ne nous

tient pas à distance ; il nous introduit chez l'Hôte quand bien même, une fois introduits, nous nous ferions de cet Hôte et de ce qui le fait autre une idée à nous. Mais il ne nous laisse pas le nez devant une porte close. La connaissance par *empathie* devient, à la faveur du malentendu, possible.

Fait d'expérience courante y compris à l'intérieur d'une même culture : communication et compréhension ne s'instituent en tout état de cause que sur une écoute partielle, approximative de l'un par l'Autre. Moyennant quoi, nous vivons immergés dans le malentendu.

Le malentendu nous sauve la mise. Faisant s'articuler un dialogue entre un étranger et un autochtone, quand l'un des deux au moins pratique la langue de l'autre, il permet, sur une solide assise d'incompréhension, à une certaine compréhension de circuler, en marge, en dessous ou au-dessus des discours prononcés, laquelle, transitant en rétroaction, finit par ouvrir une aire d'*entente* dans le champ même du malentendu, une aire de *cohabitation*.

C'est, croyons-nous, la seule façon de voir sérieusement s'établir l'échange, l'intelligence mutuelle et, du coup, de voir tout dialogue cesser d'être un dialogue de sourds.

Au cours d'un pareil face-à-face, et il en est de même s'agissant d'une lecture : si de fait nous ne traduisons pas littéralement le texte-parole de notre interlocuteur (de notre livre), nous en traduisons à tout le moins la « pensée ». Nous n'ignorons certes pas que la traduction la plus serrée ne traduit jamais tout et qu'une part du sens, confinée dans la zone de l'*inentendu*, demeurera hors de notre atteinte et devra, obscure comme elle est, ne faisant pas sens, être versée au compte du mystère naturel de l'être, de cet *inaudible* que nulle force d'entendement ne saurait violer. C'est, pour être notre fond animal, cela que d'instinct il nous répugne de reconnaître, d'observer chez l'homme, et nous ne pouvons attendre des zoologistes qu'ils nous l'éclairent mais d'un Ingres ou d'un Picasso.

Sans doute, de n'être que partiel, le sens que nous extrayons de cette espèce particulière de dialogue nous installe-t-il dans une relation piégée avec l'Autre et avec les produits de sa culture ; sans doute nous conforte-t-il dans l'illusion de la connaissance que procure du négatif photographique, s'il faut risquer une comparaison. Mais, en désespoir de cause, n'est-ce pas déjà quelque chose ?

De toute façon, à mieux nous observer, nous

faisons toujours comme si la compréhension sur la base de cet entre-deux, ce clair-obscur du sens, allait de soi, était un fait d'évidence. La norme consisterait à détecter, dans cet en deçà du langage que nous parlons autant qu'il nous parle, les signes qui à notre point de vue font sens. Paradoxe, les fondements d'une entente trouvent à s'y enraciner, et il nous importe peu que nous en ayons une conscience claire ou non car, lorsque le courant passe, nous n'allons pas l'arrêter pour nous demander s'il passe.

Ainsi, quoi que nous voulions, quoi que nous fassions, la réalité et la vérité de l'Autre (de l'Hôte) s'appréhendent, comme il en va de notre propre réalité, notre propre vérité, dans un perpétuel glissement de sens. Inventions et œuvres ne germent jamais que sur les irrégularités de la pensée et du langage. Pour elles, s'établir en sujets cognitifs absolus serait se nier. Dès que constatée, leur prétention à la permanence, elles-mêmes la contestent.

Disponible alors, l'échiquier est là dressé, nous n'avons qu'à nous asseoir sans même nous donner le mal de mettre en place chaque pièce. L'échiquier : s'entend, la page blanche, la parole blanche, l'une ou l'autre échiquier, avec ses pièces qui sont mots, installé entre l'Autre, qui hésite encore à s'avouer tireur de plans, inventeur de stratégies peu enclin à s'accepter comme tel – et moi en face, dans les mêmes dispositions.

Néanmoins inexpugnable, hermétique, muet restera le reliquat du jeu qui n'aura pas parlé haut et ambitionner de le faire parler serait folie. Une folie qu'allègrement endosse pourtant le joueur. Il calcule, suppute, écoute mais n'entend respirer que ses viscères. Ce dont, bien sûr, il détourne son attention : c'est écouter autre chose qu'il veut, écouter ce que le jeu dit, torturé de ne rien comprendre à ce qu'il dit, de ne percevoir *cela* qui couvre l'espace aléatoire, *cela* qui en est la source et l'origine, espace soi-même qui envahit, couvre tous les espaces.

On est là, on demeure, on écoute.

L'aléatoire est en passe d'advenir. En être conscient, ne pas faire moins qu'en être conscient.

Une partie d'échecs ne produit pas du sens, ne procède pas à un déchiffrage du monde ; écrire non plus. À l'instar d'écrire, elle est, cette aventure, une approche à pas comptés de l'entre-deux en question, elle travaille à sa symbolisation pour en préserver la polysémie et, partant, l'ambiguïté foncière.

5. Quel autre, quels autres ?

Cela s'est passé à Strasbourg, il n'y a pas longtemps, à l'automne, au cours de l'une des rencontres du *Carrefour des littératures* voulue, cette
année, sur le thème : « L'Extrême Europe ». Ce
jour-là, sept ou huit philosophes se trouvaient
réunis en table ronde dans la salle-amphithéâtre
de l'Aubette, place Kléber. Ils avaient parlé – en
réalité, à une ou deux exceptions près, ils avaient
plus lu des feuillets préparés, que parlé ; puis ils
avaient répondu à des questions posées par un
animateur, qui souvent gardait la parole si longtemps que le philosophe interrogé, l'écoutant, en
oubliait qu'on l'interrogeait.

Enfin, au tout dernier moment et un peu pour
le principe, le public a été convié à y aller de ses
propres questions. À quelques-unes, parties de la
salle, des réponses avaient déjà été faites. J'étais
là, dans l'assistance, et je ne sais ce qui m'a pris :
sans doute ce démon qui pousse à y jeter aussi

votre grain de sel quand la marmite bout. N'y tenant plus, voilà donc qui est fait avant que je m'en sois seulement aperçu :

– Vous avez dû constater comme moi que le monde est plein d'étrangers. Qui sont les autres ?

Silence dans le rang des philosophes immergés, tout en bas, dans l'éclat des projecteurs, comme au fond d'un enfer tandis que nous, le public, les dominant sur nos gradins, figurions encore dans notre pénombre le purgatoire. J'ai craint alors de m'être fait mal comprendre. Je me suis expliqué :

– Pour ce qui est de moi, je sais que je suis un étranger. Mais vous, qui êtes-vous ?

Même silence en enfer, mais un silence, nous le sentions, lourd de méditation. Dans notre purgatoire, il y a eu quelques rires – ou des ricanements ? – vite étouffés. Puis après un certain temps : une minute dans ces conditions paraît durer l'éternité, l'un des philosophes a eu cette réponse :

– Nous autres.

C'en est resté là, le sort de ma question avait été ainsi réglé.

On m'a soufflé à l'oreille que le seul qui se soit donné la peine de me répondre était un certain M. Derrida, Jacques. J'apprends encore que, comme moi, il est né en Algérie, lui dans une famille juive et qu'il descend peut-être de Berbères, peut-être même de cette vieille et noble

33

tribu des Derrader, tandis que je suis né dans une famille arabo-andalouse musulmane, petite-bourgeoise, peut-être un peu berbère aussi, un peu turque.

Bien sûr, il écrit en français des traités de philosophie. Et moi aussi, mais des poèmes et des romans. La réponse que j'ai reçue de lui a été néanmoins ce « nous autres ».

Cela m'a ouvert un vaste champ de réflexion. *Qui, de lui ou de moi, est l'étranger de l'autre, ou le plus étranger, ou le moins étranger ? Et si j'étais, moi,* nous autres : *qui, de tous ceux que je voyais ici, ou pouvais croiser dans la rue, serait l'étranger puisque le monde est plein d'étrangers ? Comment peut-on être, ou devenir étranger, l'autre de* nous autres *? Et si j'étais* nous autres, *n'aurais-je plus de définition, en l'espèce, que par rapport à l'autre ? Mais dans ce cas, qui est l'autre ?*

Je ne m'en sortais plus, la question restait entière, je croyais vivre un sketch de Raymond Devos. *Je vois très bien qu'il faut être deux, mais la question n'en demeure pas moins : qui est l'autre ? L'autre serait-il l'autre de « nous autres » ?* Non, je ne m'en sortais plus.

– Nous autres, avait dit M. Derrida, Jacques.

Il n'y avait plus qu'une solution, que je sorte, moi, de ce purgatoire avant de plonger en enfer.

Je me retrouve sur une place Kléber merveilleusement embrumée qui, tout en chantier qu'elle soit pour la remise en service du tramway, ne perd rien de son élégance. De là, prenant par la rue des Francs-Bourgeois, j'arrive à la cathédrale. Émotion. Dans la brume, c'est une page de musique arrachée à une gigantesque partition (*L'Art de la fugue*?) qui chante. Dissipées, les élucubrations de mon cerveau.

La purée de vous autres et de nous autres, j'écoute !

6. Écrire lire comprendre II
(Ce qui fait signe)

Dans le précédent « Écrire lire comprendre », j'ai fait mention de codes comme instruments indispensables pour aborder la lecture d'un texte en vue de son décryptage. Et il n'est à l'évidence pas de texte qui se puisse ouvrir à notre compréhension sans la clé idoine. Nous devons donc en passer par là, sachant en outre que toutes les clés dont nous disposerions ne nous garantiraient pas ipso facto l'accès à n'importe quel écrit. (Notons au passage qu'il en existe même, à l'exemple des Écritures saintes, dont personne ne possède le code.)

Il m'a paru toutefois nécessaire de faire observer par ailleurs que, de quelque culture que nous relevions, aucun produit d'aucune culture différente de la nôtre n'opposerait de telles résistances à son accès qu'il nous faille désespérer d'y entrer – à condition de savoir, et tout le problème est là, en payer le prix, fort parfois. Il a été suggéré

36

plus avant que ce prix pourrait consister à renta-
biliser la notion de *malentendu*. En toute hypothèse.

Sans y apparaître nommément, le désert travaille les créations algériennes, les informe en
dépit de leurs auteurs. Ce désert constitutif qui,
à la lettre, absorbe un pays, je l'ai déjà désigné
comme référence à retenir pour une lecture de
nos œuvres. À présent, j'en désigne une autre,
non moins obligée : le signe.

N'allons pas plus loin, pour reconnaître
d'abord que *désert* et *signe* semblent avoir conclu
un pacte dès les origines et que, depuis lors, ils
agissent de connivence : le *désert* s'affiche en page
blanche qu'une nostalgie du signe consume, et le
signe à son tour s'y laisse prendre avec la
conscience que, jalouse de sa blancheur, cette
page l'aspirera, l'avalera en même temps qu'il s'y
inscrira, ou guère longtemps après. Et plus du
tout de signes, d'écriture. L'unique, le grand
espoir sera que d'improbables traces *(atlal)* en
subsistent.

Mais le désert se manifeste comme perte et, par
suite, comme refus de mémoire. Et le signe, qui
par vocation ne se résout pas à s'abîmer dans
l'oubli, il est ce qui se perd ici.

L'Algérien porte le désert en lui et avec lui. Il
est ce désert où non seulement tout indice de
remembrance s'évanouit, mais où de surcroît tout

nouvel élément propre à composer une mémoire échoue à s'implanter. En ne remontant qu'à 1962, année de l'indépendance de l'Algérie, la population s'est renouvelée dans l'intervalle à soixante-dix pour cent : une course folle, une course de relais, qui pis est, a lieu sans transmission de témoin. Et elle se poursuit.

À force d'incessants viols de la mémoire, cette carence de témoin à transmettre dure en fait depuis plusieurs siècles. Et, pendant ce temps, le désert gagne. Aura-t-il le dernier mot ? L'Algérien ne sait plus pour le moment qu'aller à la recherche d'*atlal* (vestiges, traces). Et il y court, guetté par le risque de sombrer dans le culte macabre des reliques et la régression identitaire.

Le signe, disions-nous. Les signes en résonance entre eux comme nous le sommes avec autrui. Tatouages incisés sur le front et les mains, symboles peints à l'entrée des maisons, marques imprimées à même le pain fait chez soi, présages lus dans la moindre apparence du perceptible, saintes calligraphies courant sur les murs des édifices religieux à défaut d'iconographie, surtout pas d'images, à aucun prix, mais des signes. De ces signes dont l'inconscient met tout un catalogue au service de notre processus d'individuation ; cortèges de signes. L'affiche commerciale, politique, culturelle qui nous parle avant qu'elle ne soit lue. Omniprésent, universel, le signe roi et pour finir, ou commencer : la Révélation (divine) d'où part toute lumière, n'est-elle pas un signe en soi et pour soi ?

Le signe nous est venu avant la parole et aujourd'hui encore il s'affirme comme garant de notre mémoire ancestrale tout en n'en finissant pas de rester le vecteur de la perception du cosmos et de sa symbolisation – que l'homme, pour sa survie, doit continuer à savoir *entendre*.

Il est en principe dans la nature de l'œil de lire les signes, mais dans sa nature aussi de les exténuer, de les altérer à mesure qu'avance sa lecture. Pour autant disparaissent-ils, une fois évacués de l'horizon lisible ? L'expérience montre que non, qu'ils se réfugient dans un autre espace de la réception, qui est l'*ouïe*.

L'écoute agit en réalité comme le vrai lecteur du signe. La matrice sur laquelle s'inscrit celui-ci et se donne authentiquement à voir, c'est bien l'oreille qui, en tant qu'œil du cœur, dispose de la mémoire véridique. L'ouïe, ou le sens clairvoyant grâce à quoi le signe fait sens.

Sinon pourquoi le Coran incontestable n'est-il pas, de son nom, le Livre mais, avec valeur de récitation, la Lecture ? Vous n'en aurez pas, d'une manière qualifiée, acquis un seul verset aussi longtemps que vous vous bornerez à le déchiffrer. La connaissance avérée ne s'en gagne qu'en passant par le savoir-réciter. Vous y êtes l'objet, à longueur de temps, d'une invite : *dis.* Non pas : *lis.* On ne se fie pas à la vue, qui répond, elle, en faisant la sourde oreille.

Et parce qu'il est la Récitation, le Coran n'est connu de nous que comme signe – signe, figuration symboliquement vocale de soi, puisque l'original, sur l'essence duquel nous ne savons rien, se trouve déposé au Ciel.

Sacré, le Texte, un enfant de l'école coranique ne le trace, quoi qu'il en soit, pas de sa main comme le voudrait toute initiation bien comprise à l'écriture. Il est, symboliquement encore, recopié par le maître sur la tablette de l'élève qui, lui, n'a pour tâche, au milieu de camarades apprenant une autre sourate, une partition différente, que de la déclamer aussi haut que possible, jusqu'à la mémoriser par l'écoute de sa propre voix. Mais à lui revient le soin de l'effacer, de restituer virginité et disponibilité à une tablette dès lors prête à recevoir le Texte qui, d'effacements en suscriptions, ne cesse de se renouveler.

Sauf à être lui-même la main qui gomme : ainsi se comporte le désert, page blanche en attente de *signes.*

Réduit à soi, nul doute que l'objet matériel ou abstrait ne saurait faire sens. Un tel mutisme, nous l'assimilons volontiers à de l'indifférence ou même à du défi, il nous le rend inintelligible et cela nous est intolérable. Nous nous empressons alors de l'affecter d'un signe et, le premier que l'objet se voit imposer est le nom. Il ne peut plus à partir de ce moment ne pas nous parler, ne pas nous adresser, au moyen de son nom, un signe d'intelligence. Il n'est pas, c'est certain, à court d'expédients pour échapper à notre tutelle et la ruse, dont il est toujours prêt à user, consiste à nous abandonner la coque vide de son nom, qu'il aura désertée. Sans nous en apercevoir, nous nous trouvons du coup en train de manipuler des signes sans objet.

Il n'importe aux écrivains algériens. Contenus dans un monde de signes, figurant eux-mêmes comme signes dans ce grand concert des signes, ils ne communiquent que par signes, pas souvent compréhensibles, mais souvent assourdissants, sous l'influence de l'amplitude plus ou moins augmentée, ou diminuée, de la moindre oscillation.

Signes, signes moins à lire qu'à ouïr, l'oreille qui vous perçoit est notre œil du cœur.

Il est des atavismes qui font le style, et ce style fait le sujet.

7. *Je parle une autre langue : qui suis-je ?*

La langue que nous sommes appelés à utiliser nous attend avant notre naissance. Déjà là, elle nous reçoit et, nous accompagnant pas à pas dans la vie, nous assistant jusqu'à notre dernier souffle, elle ne va plus nous quitter. Elle n'est pourtant pas nouvelle pour nous, une sorte de connaissance anticipée nous y a préparés. Nous en avions perçu la mélodie, sinon les paroles, *d'avant.* Comme d'un chant venant de loin ou à travers un mur. Et nous la retrouvons *après,* cette mélodie, à notre grand soulagement. Elle se confond avec l'être présent au monde pour nous accueillir et dont nous ignorons encore qu'il a pour nom : mère ; ignorons encore qu'il nous a portés en son sein, tout près de son cœur. Nous le saurons bientôt avec l'apprentissage de la parole, mais le bonheur est là et cela nous suffit pour l'instant. Nous n'en sommes pour l'instant qu'à l'écoute du chant qui nous enchante et qui participe de la matière suave, chaude, confortable, mouvante à laquelle nous-mêmes participons.

Une musique que nous n'aurons de cesse alors d'imiter. La mère est un instrument de musique ou, *aussi*, un instrument de musique ; nous ne cesserons non plus de le découvrir. Et avec surprise, de découvrir que beaucoup d'autres instruments de musique gravitent, virevoltent autour de nous. Qu'à cela ne tienne. Nous-mêmes allons tenir notre partie – bien modeste encore – dans cet orchestre dont les membres iront en se multipliant à l'infini à mesure qu'augmente la conscience qui nous en viendra.

Le langage nous a pris en main. Il fera désormais partie de nous, de ce que nous serons, ou ne serons pas. Il n'est pas la connaissance mais sans lui il n'y a pas de connaissances ; il n'est pas la communication mais sans lui il n'y a pas de communication ; il n'est pas la poésie mais sans lui il n'y a pas de poésie. Il n'est pas la vie mais sans lui nous ne réussirons pas notre vie et une vie que nous ne réussirons que pour autant que nous réussirons à maîtriser notre langue.

– Vous alors ! Et cette langue dans laquelle vous vous exprimez ici même, comment se fait-il ?
– Eh bien, quoi ?

– Vous n'avez pas commencé à l'entendre quand vous étiez encore dans le ventre de votre mère, si je ne m'abuse.

– Tiens, c'est vrai.

– Comment en êtes-vous arrivé là ? Comment vous arrangez-vous avec ça ?

– Comment... Je n'y suis pour rien. Non, c'est toute une histoire, une longue histoire. Pour en être là, une histoire où il m'a fallu bon gré mal gré accepter un rôle qui n'était pas écrit pour moi. Ce genre d'histoire à laquelle il faut reconnaître qu'elle n'est jamais difficile dans le choix de ses acteurs. Mais je ne regrette rien au bout du compte.

– Vous voulez dire que vous ne regrettez pas qu'il en ait été ainsi ?

– Comment le pourrais-je, grands dieux ! Comment serait-ce possible à présent ?

– Non, certes. Mais cette histoire...

– Je vous l'ai dit, une longue histoire.

– Mais encore.

– Quoi, mais encore ?

– Mais encore !

– Soit... mais encore l'air de rien, ça avait commencé par l'école. C'est le théâtre que, contre toute attente, cette histoire a élu pour se mettre en scène. Je dis *contre toute attente* : en fait je n'en avais aucune, d'attente, pour l'âge que j'avais. Ce dont je me souviens simplement, c'est de mon refus d'y aller, à cette école, avant même de savoir ce que c'était. Me doutais-je déjà de quelque chose ? Crier, pleurer, renâcler ne m'avait pourtant pas servi à grand-chose. Pas à retarder d'une minute l'heure où j'allais me trouver dans une vaste cour noire d'enfants, des petits, de mon âge qui serraient, intimidés, la main d'un parent avec l'espoir incertain de n'en être jamais séparés – et des grands qui, insouciants, jouaient, se comportaient comme chez eux ou dans la rue. Je me rappelle qu'ils couraient sous les gros platanes dans tous les sens et avec une vélocité qui donnait le vertige. Quand bien même, je ne leur enviais pas cette liberté. Parce que je la sentais sous surveillance ?

– Un mauvais souvenir, hein ? Que vous ne paraissez pas avoir digéré.

– Une tragédie. Surtout après que la main que je tenais s'était dérobée, je ne sais comment, et que je m'étais vu abandonné à mon sort. Ensuite... ensuite que s'est-il produit ? Il me faut faire un grand saut dans le temps pour retrouver le gamin, un écolier désormais semblable aux autres, sauf qu'il n'avait toujours pas digéré, comme vous dites, ses aversions : perdu de vue entre-temps, perdu parmi les forçats qui traînaient dans les mêmes lieux leur boulet de lectures, de dictées, de calculs, il était là. Cette histoire n'allait pas le lâcher de sitôt ! Il en avait le pressentiment ; non au point cependant d'imaginer jusqu'où la coercition se prolongerait. Les bagnards, dit-on, finissent par oublier avec le temps la raison qui leur a valu d'être là où ils sont. Cet enfant, lui au contraire, en était à chercher la raison qui l'astreignait à purger une telle peine.

– Vous exagérez un peu, non ?

– Je voudrais vous y voir. Attendre de chaque minute qu'elle vous libère de ses chaînes et constater, le cœur meurtri, que cette attente dure au-delà de toute mesure, de toute excuse : une damnation, vous dis-je ! Les horreurs de la patience, je les ai non seulement connues, vécues : elles ne laissent pas en plus de se rappeler à mon bon souvenir. Me morfondre comme je faisais, c'était un cauchemar et le cauchemar tranquille est le pire.

– À l'occasion, il se passait aussi des choses dans votre école.

– Quelles choses ? Non, oui, accessoirement. Certaines choses, et il arrivait même qu'on en oubliait sa condition par moments. Celle, je crois, qui concourait le plus à me changer les idées, je l'associe à une certaine écoute dont je ne me lassais pas. C'était cet éveil chez moi à une autre, à une nouvelle langue. Aucune des leçons dispensées dans mon école – ni en aucun établissement de la ville, ai-je appris plus tard – ne l'était dans ma langue, la langue entendue avant ma naissance, mais je ne me posais pas de questions, ou pas encore, à ce propos, toute ma curiosité suspendue à la nouvelle langue, que j'avais commencé à entendre. J'étais d'une famille de musiciens bien que je n'en sois pas devenu un moi-même, et cela me rappelle un mot de Jean Rostand, le biologiste : « Que de Mozart meurent jeunes dans les îles Samoa ! » J'avais cependant de l'oreille et mon écoute s'exerçait maintenant avec une attention soutenue sur cette langue qui me parlait alors qu'elle ne parlait pas pour moi. Indubitablement, lorsqu'elle parle, une langue fait le compte de ceux qui lui appartiennent. J'en avais l'obscur sentiment, à l'époque déjà. Toutefois il ne venait encore à l'esprit de cet enfant ni inquiétude ni souci du *comment,* du *pourquoi,* etc. Le zèle de son oreille se déployait au seul profit des sons et des harmoniques de la nouvelle langue comme elle était assurée par la voix du maître – je n'ai jamais eu de maîtresse, il y en avait pourtant dans mon école – et par l'impression des manuels, le livre de lecture en particulier. La vigilance de l'écolier ne se relâchait plus : à cause de sa sensibilité d'oreille réelle ou supposée, mais pas seulement, mais parce qu'il remédiait ce faisant à un manque, celui de n'avoir pas entendu ces sons et ces harmoniques avant de naître. Une vie d'écoute, ai-je découvert, n'est pas assez longue pour remplacer le laps de temps, somme toute assez bref, que nous passons à prêter l'oreille à la voix de la mère quand cette mère nous porte encore en elle. Ni toute une vie passée à écouter un autre parler ne suffit à satisfaire, à combler notre ouïe dans des proportions analogues.

– Et à présent que vous n'êtes plus de première jeunesse, comment vivez-vous cela ?

– À présent comment... Comment je vis cela ?... Que vous dirais-je ? Le français est devenu ma langue adoptive. Mais écrivant ou parlant, je sens *mon* français manœuvré, manipulé d'une façon indéfinissable par la langue maternelle. Est-ce une infirmité ? Pour un écrivain, ça me semble un atout supplémentaire, si tant est qu'il parvienne à faire sonner les deux idiomes en *sympathie*. Bien plutôt me visite parfois la crainte que, à la suite de quelque accident d'une espèce inconnue, la langue française n'en arrive à me trahir, à se taire en moi. Son silence pourrait alors devenir mon silence, parce qu'elle a fait sa demeure en moi avant que je ne le sache, avant que je ne sache rien d'elle. Depuis, elle n'a cessé de me parler, voix venue de loin pour me dire.

8. Une lecture de substitution : la station de la Vache

Dans ce douar du centre de l'Algérie, dont les habitants se trouvaient à peu près les seuls à connaître le nom, Hamadi ne disposait que de ses bras et de la force dont ils bouillaient. Il les mettait bien à la disposition de quiconque en voulait, contre son repas du soir sinon celui de midi : mais pour un aussi petit endroit, on dénombrait déjà trop de bras. Si loin de là qu'on la croyait, la France le sut, elle en voulait, elle, de ses bras, elle l'appela.

Et le voici aujourd'hui à pied d'œuvre dans un chantier de construction, à Paris même, oui monsieur. On n'y chôme ni ne traîne, pourtant on suffit tout juste à la tâche. Hamadi ne parle pas le français ; il parle encore moins le parisien. Il n'en a pas besoin ; pour ce qu'il en a à faire... Il sait encore moins écrire et lire, dans aucune langue. Mais sur son lieu de travail il n'est pas un cas unique. Pour aller à son chantier depuis la chambre qu'il partage avec cinq autres de ses compatriotes, il a tout simplement inventé un système de lecture personnel. Il ne l'a cependant mis au point qu'avec l'aide et les conseils d'un Ancien, comme lui locataire d'un lit dans la même turne. Un compagnon aux connaissances illimitées, aussi illettré qu'il soit lui-même, mais ô combien obligeant.

L'ayant, le premier jour, accompagné au métro, celui-ci y est descendu avec lui. Il lui a montré comment on s'y dirige, ce qu'on doit faire pour s'y reconnaître.

Puis le Hamadi reste seul au milieu de la foule. Il examine tout de tous ses yeux, enregistre les moindres détails de la station. Une affiche publicitaire retient en particulier son attention. Plus grande que les autres, elle représente une vache d'une taille inconnue. Elle lui sourit, c'est de bon augure. Une image qu'il déchiffre donc sans difficulté, déjà familier qu'il est avec ce genre d'animal. Sans difficulté, elle se grave aussi dans son esprit avec boucles d'oreilles et sourire. Il est tranquille, pareille chose ne peut s'oublier.

Cela, en prévision du retour, une fois la journée de travail finie. Quant à l'aller, Hamadi n'a pas à s'en faire : ligne directe, terminus, il est arrivé.

Sans se douter qu'il a détourné le sens d'un signal conçu pour d'autres fins, il a baptisé *sa* station de métro : *station de la Vache.* Ce repère en tête, Hamadi, confiant, se rend à son travail ce premier jour et les suivants.

Tout va bien pendant quelque temps. Puis arrive un jour où, sur une ligne semblable à elle-même, le ramenant, le même train roule, continue de rouler, mais apparemment sans passer par la station de la Vache. Hamadi est pourtant sûr de n'avoir pas une seule seconde fermé les yeux comme il voit d'autres voyageurs le faire. Le métro s'est-il trompé de route par hasard ? Hamadi se trouve soudain replongé dans l'état d'angoisse des premiers temps. Il est là et, autour de lui, de nouveau se dresse un monde d'étrangeté jaloux de ses secrets, de ses signes, un monde qui lui a retiré sa confiance. Figé sur son banc, ne sachant que tenter, Hamadi passe des heures à rouler, à surveiller chaque station dans l'espoir de reconnaître à la fin celle de la Vache. Peine perdue. Il se fait tard déjà, le métro roule toujours. Hamadi ignorait qu'à un moment donné les affiches changent.

Lui revient alors en mémoire ce qu'on lui avait dit une fois à propos de sa station ; c'est quelque chose comme : *bou burnous,* l'homme au burnous, cette grande cape dont se couvrent les Bédouins. Il descend de son train n'importe où, au petit bonheur, et s'en va accostant sur le quai une per-

sonne après l'autre et bredouillant devant chacune les mêmes syllabes *bou burnous.*

Les gens n'essaient pas de comprendre son
baragouin. Ils s'écartent sur son passage,
méfiants, pressés. Sa dégaine ne leur dit rien qui
vaille d'ailleurs, et de là à penser qu'ils ont affaire
à un fou dangereux...

Jusqu'au moment où l'un d'eux, se laissant
aborder, lui répond :

— Ah, la station Montparnasse ?

— Oui, m'sieu ! Oui, oui, oui, m'sieu !

— Je vais te montrer ça.

C'est quelqu'un qui visiblement a vécu en
Afrique du Nord : il fait reprendre le train suivant
à Hamadi et l'accompagne jusqu'à la station qui,
n'étant plus celle de la Vache, a repris son nom
de *bou burnous.*

Aujourd'hui le souvenir de tant de naïveté
amuse Hamadi.

Au bout de quelques années, il n'a pas fait que
mettre un peu d'argent de côté, mais à en
envoyer aussi au douar pour qu'on lui trouve une
femme. Le mariage, célébré là-bas, en famille, sur
sa demande, on lui expédie son épouse ensuite.

Elle arrive. C'est Yamna. Depuis qu'ils étaient
enfants tous deux, s'il la connaît ! Elle a vite fait
de lui donner un garçon, Samad, et une fille,

Houria – une houri. Yamna ne sait ni lire ni écrire dans aucune langue, mais elle apprend à parler le français avec ses enfants, qu'elle conduit d'abord à la crèche, puis à l'école maternelle, puis à l'école primaire. Au lycée, puis à la faculté, ils vont seuls, ils n'ont plus besoin d'elle.

Faisant les courses dans son quartier, Yamna y attrape aussi, un peu en désordre, des locutions qui ne s'apprennent pas à l'école et où éclate le génie d'une langue. Malgré cela, elle meurt d'une maladie, inconnue des médecins, qui n'a rien à voir avec le corps mais beaucoup à voir avec le *khater,* qu'on traduirait par *caractère.* Ainsi a-t-elle retrouvé le chemin du retour au pays, où elle est allée se faire inhumer.

Maintenant Hamadi est à la retraite. Il sort peu de son deux pièces-cuisine et uniquement pour aller s'asseoir sur un banc du square voisin où, durant des heures, il s'amuse à jeter des morceaux de pain à des pigeons. Ces oiseaux le reconnaissent, croit-il, car nombreux à être attirés, aussitôt ils lui font fête, leurs volées se multiplient, grossissent, l'entourent d'un nuage vibrant, frouant. Avec ces bestioles, les mots ne sont pas nécessaires. Et de toute façon il n'y a pas de mots pour exprimer le bonheur qu'il éprouve au milieu des battements de ces myriades de paires d'ailes.

Hamadi revoit ses anciens compagnons de travail. De loin en loin, certes. Comme des liens de famille ont pourtant fini par se nouer entre eux et remplacer la famille laissée au pays. D'un autre côté, chaque dimanche, un couscous préparé par ses soins les réunit, lui, son fils Samad et sa fille Houria, la houri. Ils ne viennent pas que pour ça, il le sait. Un beau jour, sa houri lui apprend qu'elle est nommée professeur de lettres. Lui, la réflexion qu'il a : elle va écrire les lettres des personnes qui, comme moi, sont incapables de les écrire elles-mêmes ; ma fille aura sa récompense au Ciel.

Elle rit en l'entendant exprimer tout haut ce qu'il pense.

– Non, papa !

Elle lui explique ce que c'est que d'être professeur de lettres. Il n'y comprend mot et ne dit mot. Le fils, lui, est médecin dans un hôpital, une chose au moins guère difficile à comprendre.

Ne se mêlant pas à la conversation, il préfère les écouter parler, quoi qu'il en soit. Dans son village, qu'il a quitté, qu'il n'a pas fui, il était déjà un garçon silencieux. Peut-être l'est-il devenu un peu plus depuis qu'il est ici.

Chose curieuse au regard des autres, il lui arrive soudain d'élever la voix sans rime ni raison, comme au sortir d'un rêve éveillé, et de proclamer que s'il y a un homme pour connaître Paris, et dans les coins, c'est bien lui ; n'en a-t-il pas construit ou reconstruit des quartiers entiers de ses propres mains et, pour y circuler, dans ce Paris, il en remontrerait à ceux qui y sont nés ; par exemple si tu te trouves à *bou burnous...*

Patiemment, avec son rire qui se répand en perles chatoyantes, Houria le reprend chaque fois :

– Montparnasse, papa.

Et lui, il répond qu'il ne fait que dire comme elle : *bou burnous* !

– Non, papa, Montparnasse, Montparnasse. Répète.

Alors il serre les lèvres, les avance en une moue creusée de rides ; il n'ajoute rien, son regard se retire et l'on ne sait plus à quoi il pense. Il n'est pas fâché, on n'a pas le droit de se fâcher contre ses enfants, Dieu ne le permet pas. Lui, pour sûr, n'a pas appris à parler le français, et il ne sait ni écrire ni lire dans aucune langue.

9. L'exil, une mort

Je veux un cœur déchiré par l'exil
pour lui conter la douleur du désir !

À quel genre d'exil songeait donc Jalal Eddine Rumi, le poète et le fondateur de l'ordre des derviches *mewlevi* (tourneurs) qui, au XIIIᵉ siècle, poussait ce cri passionné ? Nous pouvons supposer qu'il avait en tête l'exil hors les frontières géographiques. Mais il ne nous est pas interdit non plus, sachant qui il était, d'entendre sa plainte comme l'expression de l'exil mystique. Plainte tragique, la pire qui soit en cela même qu'elle dit la coupure radicale de l'exilé mystique avec l'objet de son désir, qu'elle convoque la distance irréparable, en la déplorant.

De tout temps l'Islam a été sensible à ce mal qui se nomme *exil*. L'origine de cette propension remonte justement à un problème de fondation. L'ère musulmane s'est ouverte par un

56

exode et un exil, désignés par un mot unique *hégire*, qui inclut les deux acceptions d'exode et d'exil. Et, par le fait, les musulmans comme tels ont commencé à compter le temps et sont entrés dans l'Histoire à partir de l'hégire. Ils se sont dotés à partir de là aussi d'une mémoire. En quoi consiste cet événement d'importance, appelé en arabe *hidjra* ? En la migration du prophète Muhammad et de ses Compagnons, poursuivis par la vindicte publique, chassés, rejetés du lieu de naissance et de la première prédication, à savoir La Mecque, vers ce lieu étranger qu'était Médine, où ils ont trouvé refuge. Cette béance, par où l'Histoire s'est engouffrée, a en même temps marqué l'âme musulmane à jamais.

Le livre sacré de l'Islam, le Coran, revient à plusieurs reprises sur cette fuite qui assurait le salut de Muhammad et de ses Compagnons.

Dans la sourate III, ainsi Dieu parle en faveur des exilés :

J'effacerai les mauvaises actions
de ceux qui ont émigré,

s'entend, parce qu'ils ont eu du courage et qu'ils ont émigré.

À la sourate suivante :

Les Anges disent :
« *La terre de Dieu n'est-elle pas assez*
vaste pour vous permettre d'émigrer ? »

Une dernière citation encore, tirée, celle-ci, de la sourate XVI, « Les abeilles » :

Cependant ton Seigneur, envers ceux
qui ont émigré, après avoir subi des
épreuves, ceux qui ensuite ont lutté
et qui ont été constants ;
oui, ton Seigneur sera, après cela
celui qui pardonne et fait miséricorde.

À noter que, si le texte coranique reconnaît la détresse de l'exilé (ordinaire), à la différence du mystique, il ne le fait pas dans un partage implicite de deuil, mais plutôt dans une promesse explicite de consolation. Sa justice : telle est la compassion de Dieu, pour un musulman.

N'abandonnant pas cet exercice de sémantique, nous signalerons aussi l'autre racine à partir de laquelle le mot qui se traduit par *exil* dérive : le mot *gharb*, qui veut dire « Ouest, Occident ». De cette racine, on peut extraire à la fois le substantif *gharib* et le verbe *gharaba*. Si le premier désigne concurremment l'étranger et l'exilé, le second a pour sens : aller vivre à l'Ouest, en Occident, autrement dit s'exiler, s'expatrier.

Quand bien même l'exil nous conduirait vers l'Est, il se situerait pour nous, linguistiquement parlant, à l'Ouest. Dans le substrat verbal et par conséquent mental du musulman parlant l'arabe, il n'y a ainsi d'exil qu'occidental.

Et pour ne pas en finir avec la racine *gharb* (ouest), ajoutons que le vocable *maghrib* en découle ; *maghrib,* appellation arabe de l'Afrique du Nord remplaçant aujourd'hui l'antique nom d'*Ifrikya.*

Une curiosité à signaler au passage : l'un des pays, de son nom français *Algérie,* qui composent le Maghreb, laisse à peine soupçonner que sa dénomination *el Djazaïr* veut dire, aussi paradoxal que cela puisse paraître : les Îles, sans qualificatif – contrairement par exemple aux Îles Britanniques. Une certaine manière insulaire d'être, particulière au tempérament algérien, viendrait-elle par hasard de là ? Déteint-il sur notre personnalité, le nom du sol dont nous sommes issus, pétris ?

Mettons ces réflexions en réserve et revenons à la condition de l'exilé. La question se pose d'abord de savoir : vivent-ils, l'exilé mystique et l'exilé vulgaire, la même expérience ? Non, certes ; encore que l'un et l'autre entretiennent leur cœur et leurs pensées dans la nostalgie, l'un torturé par la nostalgie de *quelque chose* qui n'est pas ce qui torture l'autre. Le mystique rêve de sa perte dans le feu divin ; l'émigré ne rêve que de retrouvailles avec le pays perdu, et de la résurrection que cela signifierait pour lui. Hanté par l'idée de retour, au vrai, celui-ci espère obscurément plus que cela : voir son pays venir à lui. Il l'attend là où il est et s'entoure *ici* d'objets provenant de *là-bas* comme d'autant de charmes magiques et de leurres.

Les affaires du mystique outrepassant notre compétence, nous continuerons donc à nous tourner vers celles du seul émigré de base, et du seul Maghrébin. Bourré de références propres à son milieu naturel, ayant depuis sa naissance consacré le plus clair de son temps à parfaire son intégration, il s'expatrie, et voici devenues lettre morte, frappées d'inutilité, toutes ses références, et réduite à néant toute son initiation. Elles ne lui sont plus d'aucun secours, il a débarqué sur une autre planète. Au drame de l'arrachement s'ajoute celui de la dépersonnalisation. Âme morte, il va errant, aveugle, sourd et muet.

Sous peine de naufrage, il lui faut coûte que coûte retrouver vue, ouïe et parole, entreprendre le dur apprentissage des moyens d'adaptation qui vous insèrent, vous enserrent dans le tissu social. Mais y passerait-il le restant de ses jours qu'il n'est pas assuré d'y parvenir jamais tout à fait.

Quoi qu'il en soit, sur lui retombe tout l'effort de l'assimilation. Lui, se voit, dans sa solitude, son dénuement, en charge de s'ouvrir au milieu où il se trouve transplanté, et non le milieu à lui avec ses ressources inépuisables. Pris d'un côté par l'immensité de la tâche à mener à bien, de l'autre par la nostalgie et son œuvre de déréliction, il n'est guère étonnant qu'il se sente comme victime d'un cauchemar, entraîné comme dans une ronde de spectres grimaçants. Lui, un homme, et dans une ville d'Europe, il serait tenté de sortir dans la rue, caché sous un voile, un haïk, s'il le pouvait, dans ces rues où ses yeux ne perçoivent qu'entités inquiétantes, maléfiques, animées d'intentions hostiles.

À l'extrême de l'exil, l'âme magique reprend ses droits chez l'homme pour oblitérer ce qu'il y a eu chez lui, jusque-là, de rationnel et de contrôlé.

10. L'exil, une résurrection

En état de non-relation ou de relation muette avec le nouveau milieu, l'homme d'exil se trouve donc placé devant une réalité insoutenable par le fait qu'elle semble déréalisée, privée de sens. C'est la définition de l'étrangeté. Déréalisation, étrangeté induisent à leur tour un processus de dépersonnalisation de l'individu : effet de retour qui joue ici à la manière du piège dans sa figuration symbolique de circuit fermé, de cercle vicieux. Ce schéma ne saurait cependant se révéler parfait que dans des cas théoriques.

Car, à vrai dire, toute dénuée de signification qu'elle puisse paraître aux yeux du sujet, cette même réalité n'en continue pas moins à lui envoyer des signaux et, lui, ne fait pas moins preuve de la volonté de les déchiffrer, s'il n'est pas atteint de cécité ou d'aberration autiste clinique.

Ainsi, à bien observer comment les choses se

passent, cette même réalité lui parle et il s'en rend compte. *Mais elle lui tient un autre langage*! Là plutôt est le problème, comme nous l'avons vu pour la station de la Vache. Et, personnelle, l'interprétation qu'il en tirera, seule fera sens pour lui.

Le premier personnage venu est doué d'un coefficient intellectuel suffisant pour capter et traduire à son usage tous signaux. C'est la distorsion consistant de sa part à les lire selon un système de références exogène qui engendre la difficulté. Le sujet n'en est pas conscient, ni conscient que cela lui est interdit, et que ce faisant il s'expose à des mécomptes.

La vraie difficulté, sa tâche de décodage, l'ouvrier immigré va l'entreprendre dans le traintrain d'une vie courante, pour lui si peu courante. Il a une chance sur un million, et encore le devrait-il au pur hasard, si une seule de ses lectures tombait juste. Il est plus sûr au contraire qu'elles débouchent sur une succession de malentendus qui se traduiraient par des conduites absurdes.

Le moyen existe de remédier à ces inconvénients ou, au moins, d'en atténuer les désagréments : c'est la fortune, la notoriété. Mais peu nombreux sont, parmi ces passagers des cales de bateau, à en disposer et comme nous ne nous intéressons pas aux rois déchus, aux dictateurs en disgrâce, aux criminels de haut vol, etc. – passons.

Feuilleter le livre qui conte la grande migration des « damnés de la terre », calamité de notre temps s'il en est, nous situera mieux au niveau de l'humain ordinaire où nous voulons nous tenir. Nous suivons ceux-là qui, lorsqu'ils atteignent le paradis de leurs rêves, s'ils l'atteignent, commencent par buter sur un mur d'incompréhension, mur d'autant plus infranchissable qu'ils auront le malheur d'être originaires d'Afrique.

Les plus impuissants à déchiffrer les signaux émis par la société d'accueil, ils seront, par la force des choses, les plus impuissants à partager les valeurs de ladite société. Le pire s'il doit s'accomplir menace alors d'occuper le devant de la scène. Son inaptitude totale ou partielle à se pénétrer de l'importance, de l'intangibilité dirions-nous des valeurs qui ont cours dans son nouveau milieu, ne saurait en effet que conduire le migrant à les transgresser, en toute ingénuité sans doute mais le milieu n'est pas prêt à le tolérer si même le viol ne met à mal que de pures conventions.

Les valeurs ! Porté à surcultiver les siennes, auxquelles il s'accroche avec une passion d'autant plus fétichiste qu'elles lui sont devenues un fardeau encombrant et qu'elles n'agissent sur lui que comme des agents aggravants d'enfermement, l'étranger doublé d'un exilé reste inaccessible à celles qu'il est de son intérêt de découvrir

– ou si vaguement les perçoit-il qu'il serait enclin à les tenir pour négligeables. Dans ce face-à-face, il comprend surtout qu'il est la cible d'incessantes attaques et que le désespoir le prédispose à rendre coup pour coup. D'évidence, une attitude propre à mettre, le migrant et la société, en danger.

Assez loin et plus en vue en comparaison, se range une catégorie d'exilés bien spéciale : celle des artistes et autres écrivains. Nulle époque n'a probablement plus que la nôtre compté autant de *Jean sans Terre* parmi leur gent. Mais eux, force est de constater qu'en règle générale cela ne leur réussit pas trop mal. En témoigne leur prospérité souvent indéniable.

Tout déplacés et transplantés qu'ils soient et la plupart du temps doublement : d'un paysage dans un autre et d'une langue dans une autre, leur malheur leur profite, pour ainsi dire, au moins par le fait que l'expatriation les rapproche d'eux-mêmes, leur aiguise les sens. Cette déchirure oblige en eux le créateur à regarder plus au fond l'enfer caché en l'homme. L'art et la littérature y gagnent toujours, la malchance finit par devenir une chance. Et la solitude où l'artiste pourrait craindre de se voir confiné, elle ne serait pas, ailleurs, plus poussée que dans le plus petit bout de terroir originel.

Parvenus à ce point de notre réflexion, il nous faut reconnaître maintenant ceci que, malgré toutes les vicissitudes auxquelles il nous expose, l'exil nous fait en même temps moins étrangers au monde, ses chemins sont, dans la mesure où nous le voulons, les plus sûrs à nous mener vers l'Autre, notre semblable. Et à l'extrême de la voie qu'il ménage à la différence peut se révéler une porte ouverte à telle forme de résurrection.

L'immigré doit certes attendre quelque temps pour en arriver là. Qu'il s'installe, se confronte, se familiarise avec les nouvelles gens côtoyées, avec le nouveau mode de vie qu'il est appelé à faire sien, et l'ouverture n'aura pas encore lieu sans le travail de deuil long, secret, que le sujet aura à effectuer et dont parfois on ne se rend pas compte. Seulement alors tous les espoirs seront permis. Au point d'ailleurs où, parvenu à ce stade, si une possibilité de retour définitif ou temporaire lui fait retrouver sa terre natale, il ne restera pas sans se sentir à ce moment empoigné par la nostalgie des lieux quittés, des lieux d'exil. Il n'a jamais renié ses origines, mais il a subi un changement susceptible d'aller jusqu'à lui rendre étranges sinon étrangers, et son pays, et ses habitants. L'appel dès lors, accompagné de nostalgie, s'élèverait de *là-bas loin*, où il a noué des liens, contracté des attachements tout neufs, inédits.

S'empêcher de se découvrir *autre* devant une *autre* réalité, cela relève de l'impossible, si tant est qu'on entre dans un renouveau de relations. La personnalité est loin d'être constituée d'une matière immuable coulée dans un moule impérissable. Composée pour l'essentiel d'éléments acquis et, les mêmes, assemblés dans un certain ordre et stabilisés au point de paraître innés, elle semble fixée, elle semble l'être de nature. Illusion que créent les pesanteurs de la culture unique et forcément univoque reçue au cours de la contraignante mais inévitable socialisation de l'individu, qu'alourdit au surplus la volonté de donner de soi une image fiable. Il ne serait pas déplacé pour le coup de reprendre l'expression déjà utilisée d'*âme morte* en la délocalisant cette fois, en la reportant dans un contexte différent.

En effet, on n'évite d'être une *âme morte* ni là où on a ses racines ni là où l'on n'en a aucune, alors que, retransplanté ailleurs, s'offre au moins à vous l'opportunité, en vous découvrant *autre*, de développer des dispositions latentes, de donner faculté à des dons ignorés de s'épanouir. Ne part-on pas souvent dans l'intention de « conquérir le fabuleux métal que Cipango nourrit dans ses mines lointaines » ? Il y a divers genres de fortunes à faire.

Que le succès ne soit pas assuré d'avance, on aura déjà gagné une occasion de se mettre à l'épreuve, pris conscience des capacités impressenties de sa nature mais toujours prêtes à l'emploi. On ne se tromperait pas beaucoup en avançant qu'un migrant qui ne reste qu'immigré est un migrant raté.

11. *L'impossible retour*

Mais la question du retour reste invariablement posée, ce qui s'appelle posée, sauf résolue. Et d'abord y a-t-il un retour possible pour celui qui est parti ? Pour ma part, je ne le crois pas ou plutôt je crois que celui qui est parti n'est plus celui qui revient. Encore une fois, seul nous intéresse le sort de celui qui vit l'exil comme une contrainte et un déracinement. Celui-là qu'éprouve-t-il, que pense-t-il ?

Ou bien déterminé à se « sédentariser » en quelque sorte, il adopte son pays d'adoption et, à l'intérieur de ce pays, se fond, s'intègre dans un milieu donné, dans sa langue, ses mœurs ; ce qui ne se fait d'ailleurs pas sans mal, sans résistances d'un côté comme de l'autre, qu'il s'agisse du milieu ou du sujet, la facilité plus ou moins grande d'intégration reposant sur le degré, la capacité d'accueil du pays qui offre son hospitalité à l'étranger, dispositions qui varient énormément d'un État à l'autre, et d'un type d'étranger à l'autre.

Plus importante cependant, plus décisive comme facteur de réussite, dans ce processus, est la *volonté* de s'intégrer démontrée par l'homme d'exil. Car cette volonté n'est pas toujours au rendez-vous, toujours totale et sincère, du fait qu'elle implique l'abandon de l'identité première, celle reçue de naissance, abandon poussé parfois jusqu'au nom porté mais, plus que le reste, jusqu'à l'idée de retour, qui ne quitte pourtant jamais l'esprit de l'immigré. Une idée, à mesure qu'elle devient chimérique, pliant sous une belle charge de fantasmes. Cela même qui en définitive fait de l'immigré un être coincé.

La solution ?

De la part des États concernés, faire montre d'imagination et renoncer au concept et à la politique d'*intégration* au bénéfice d'un concept et d'une politique de *socialisation*.

Second cas de figure : l'immigré qui ne se veut qu'immigré, qui croit avoir de bonnes raisons de se vouloir tel et de le rester. De quel ordre sont ses raisons ? De deux ordres, nous semble-t-il.

En premier lieu, nous nous trouvons en présence d'un désir conscient, ferme, de retour au pays, lequel est plus qu'un vague espoir, qu'un vague projet. Et alors pourquoi chercher à s'intégrer, faillir à ses fidélités originelles dans ces conditions ? Il arrive même qu'on décède sur place avec, au cœur, ce désir intact, vivace, qui

70

n'aura pas été satisfait et qui ne vous aura quitté à aucun moment.

En second lieu, il y a l'attitude qui consiste à préférer l'exil par amour de l'exil, fort d'une vocation de nomade qui ne réchauffe jamais long-temps une place et n'a de cesse de changer d'endroits, ne s'accommode de nul d'entre eux et encore moins de l'idée d'un retour au point de départ.

Ce type d'exilé est capable même d'opter pour une espèce d'exil pervers : l'exil qui lui ferait reprendre le chemin du pays natal et choisir d'y vivre en exilé. Sans doute parce qu'entre-temps il s'est rendu compte que celui qui aborde une quelconque terre, proche ou lointaine, n'est jamais celui qui est parti mais un autre, et un autre qui ne s'arrange pas davantage de ce qu'il retrouve chez lui, s'il y revient, qu'il ne s'est arrangé de ce qu'il avait trouvé ailleurs.

La boucle est ainsi bouclée et lui prisonnier à l'intérieur de cette boucle, exilé dans son propre pays, étranger en proie à une indicible nostalgie : celle d'une terre d'accueil qui n'existe nulle part en ce monde.

Peut-être dira-t-il, lui aussi :

Je veux un cœur déchiré par l'exil pour
lui conter la douleur du désir !

12. Le retour d'Abraham

On peut affirmer sans crainte de se tromper que la quête d'identité n'a jamais été le souci majeur des Algériens. Une identité se vit, elle ne se définit pas et les Algériens ont toujours vécu pleinement la leur. Bien plutôt, bien plus fort, la quête du père nourrit aujourd'hui leur inquiétude et leurs fantasmes – ce père qu'ils n'ont pas eu à tuer, les diverses colonisations d'une Histoire proche et lointaine s'étant chargées de le faire et de réduire ainsi les fils à un orphelinage généralisé, ou à une forme de bâtardise par confiscation de l'image paternelle. Leurs colonisateurs ont changé les Algériens en fils de personne, rejetons mithridatisés, eunuques névrotiques.

Mais le réveil a fini par avoir lieu, ils se sont ressaisis, ils ont conquis leur indépendance de haute lutte. Passé le traumatisme de la colonisation, affranchis du joug, ils n'ont rien eu alors de plus pressé que d'aller à la recherche du père, soutien et garant. Ils n'ont trouvé que la mère, seule puissance tutélaire ayant survécu à la débâcle semée dans les âmes par une dévastation morale sans précédent. Puissance tutélaire certes, mais qui ne l'est pas encore assez pour les aider à déjouer les embûches de la vie nouvelle. Manquait celle du père pour l'étayer. Restait introuvable son autorité comme caution des actes dont ils inauguraient la nouvelle ère. Il leur fallait juste récupérer cela.

Cela, qu'ils n'ont à mon sens réussi ni à retrouver ni à récupérer et qui, par défaut, n'a fait que les encourager à s'instituer eux-mêmes en pères et, par ce sacrement, leur faire réintégrer la figure primitive du géniteur, après passation d'eux-mêmes à eux-mêmes des pouvoirs reconnus à la paternité, y compris le pouvoir de disposer de la vie des siens. Or dans l'enfer de démesure et d'aliénation où, évincée, elle s'était jusqu'alors réfugiée, cette image emblématique n'avait pu que perdre de son humanité. De représentation bénie qu'elle était, elle a viré à sa propre caricature et la voilà, parodie maléfique, qui n'est plus forte que de la barbarie des origines. Provoquer le retour d'une figure parvenue à ce stade d'ensauvagement nous ensauvage, et plus encore de vouloir s'acoquiner avec elle ou s'en réclamer. Il suffit de la reconnaître ou, pis, de s'y reconnaître, pour qu'elle produise un déchaînement de violence et que se réveillent nos instincts et nos cynismes les moins avouables.

Dès lors qu'elle se réanime, la référence tire irréversiblement des limbes la reproduction, l'icône du premier père : Abraham [1], celui qui, de toute son autorité et avec sa cruauté archaïque, a promis le sacrifice de son enfant. Qu'à l'ultime instant Isaac, remplacé par un bélier providentiel, n'ait pas été égorgé et que nous ait été épargnée au siècle des siècles l'épouvantable, l'infamante flétrissure dont nous aurait marqués l'immolation d'un être humain par un autre être humain, un autre du même sang, un fils par le père, tant mieux. Mais à travers la commémoration de l'événement qui s'en perpétue jusqu'à nos jours, le bélier ne cesse, lui, d'entretenir en nous l'outrageant rappel d'un crime annoncé, consenti et perpétré en intention. Sans doute m'objectera-t-on que l'événement célébré, fêté encore, n'est que le miracle qui a valu la vie sauve à Isaac : n'empêche, il n'en continue pas moins d'accuser Abraham.

Si quelque crédit est accordé à l'hypothèse avancée ici d'une confusion du père usuel avec l'imago atavique d'un patriarche volontiers assassin, voire animé de tendances cannibales attestées

---

1. Le même Abraham qui avait, à l'instigation certes de la stérile Sarah, déjà chassé son fils Ismaël et la mère, Agar, dont il avait eu ce fils.

par l'absorption faite ensuite de la chair du bélier substitut d'Isaac, peut-être l'holocauste dont la population algérienne est victime aujourd'hui trouvera-t-il en partie son explication.

En effet, le type d'assassins auquel appartiennent nos tueurs est composé indifféremment de matricides, de parricides, de fratricides, non d'ennemis étrangers, d'agresseurs venus de l'extérieur ; il s'agit par conséquent de ce type particulier de criminels dont font partie :

– les sacrificateurs ou servants d'un culte sanguinaire, primitif, infâme ;

– les homicides parentaux de l'espèce Atrides ;

– les criminels justiciers.

On tue en privé, pour régler un compte avec sa famille, avec sa tribu, une tribu englobant de proche en proche toute la société avec ses lois, sa morale ; mais, ce faisant : accomplie d'une âme pure et dont on sort l'âme pure, la mise à mort est déclarée immolation expiatrice et... rédemptrice, le sang y tenant lieu d'eau lustrale. Cautionnée par un usage abusif, sacrilège, du texte coranique, cette grossière contrefaçon « mystique » du meurtre leurre à son corps défendant la victime elle-même ; celle-ci peut en être atterrée, mais ne peut s'empêcher de *comprendre qu'il en soit et doive en être ainsi.* De toute façon, dans la mentalité de la horde, une mise à mort quand elle est de nature sacrificielle ne tombe pas sous le coup de la loi, ne relève pas de la justice des hommes. Tuer son père, sa mère, son frère, est un crime d'un autre ordre que le crime crapuleux, c'est une affaire de famille, dans laquelle on ne demande pas réparation pour le père ou la mère contre le fils, pour le frère contre le frère, ou vice versa. Loin d'exiger que justice soit faite, la victime en pareil cas récuse jusqu'à l'idée de recours à la justice ; plutôt compatissante, elle serait prête, si elle en réchappe, à demander pitié pour le coupable. Ce qui vient d'être dit s'appliquant au milieu traditionnel, celui qui, en Algérie, forme l'essentiel de la population.

Ainsi sommes-nous, pour ce qui est de l'homicide familial, du côté des Tragiques grecs, et du côté de l'Ancien Testament pour ce qui est du meurtre rituel : en d'autres termes dans l'empire du mal absolu et de son horreur, mal et horreur ne trouvant jamais d'écho qu'en la région noire de notre géhenne intérieure, cette région ou part sans parole en nous, qui ne répond jamais, ne dit jamais.

Cependant une question – parmi d'autres – reste pour moi un mystère : pourquoi le monde islamique a-t-il repris à son compte, deux mille ans plus tard, la célébration du sacrifice symbolique d'Isaac, qu'il revenait en fait au peuple hébreu de respecter et de perpétuer, mais que ce même peuple a répudiée assez tôt, semble-t-il ?

L'ARBRE À DIRES

Hiver

– Papa, tu m'écoutes ? Quand on traduit, on fait quoi ?

Elle a posé sa question et maintenant elle pose son regard sur moi, m'observe de ses plus grands yeux, les plus innocents.

Mais ce sourire tapi derrière le regard, quel sourire ! C'est tout Lyyli Belle. Et le défi tapi derrière le sourire, Lyyli Belle qui attend à présent de voir comment je vais m'en tirer.

Secret des yeux sans secrets, elle lève les siens sans ciller. Sans secrets ? Voire. L'eau limpide autant qu'insondable. J'en oublie de répondre.

Et si je me trompe ? Si elle a juste ce regard qui attire à lui les objets dont le monde est fait, tous les objets ? Comme elle est là, les yeux impassibles et rieurs, elle est là.

Et si elle connaissait déjà la réponse ? Avec elle on ne sait jamais.

La réponse que je cherche encore, je n'ai peut-être pas à la chercher dans ce cas mais seulement à la lire dans ses yeux.

– Tu m'entends, papa ? Quand on traduit.

– C'est ce que tu fais en ce moment.

– Ce que je... Papa, cesse de plaisanter.

– Je ne plaisante pas, tu parles dans sa langue à quelqu'un qui ne connaît pas la tienne.

– Alors, c'est ça ? Et ce quelqu'un, c'est toi.

– Je ne te comprendrai pas sinon, et tu le sais. Donc tu traduis.

Donner d'aussi piètres explications, j'en rougis intérieurement. Par bonheur, elle ne s'en aperçoit pas. Et, l'expression des yeux plus aiguisée, elle a cette trouvaille :

– Donc pour toi, les gens de ce pays sont tous muets même quand ils parlent.

– Eux sont muets ou, sans doute, moi suis-je sourd. Je ne les entends pas.

Non, une langue n'existant que par ceux et pour ceux qui comme elle la parlent – ensemble de vivants et de morts, ainsi parle-t-elle quand elle parle pour elle et pour eux tous ; sauf pour moi. Avec ces mêmes formules, ces mêmes intonations, que j'ai néanmoins dans l'oreille. Et elle, chaque fois qu'elle parle, elle fait le compte de ce qui lui appartient et de ceux qui lui appartiennent.

– Allons, papa, ça suffit comme ça. Et si j'écris ? Aussi ?

– Aussi, bien sûr.

80

– Mais je ne sais pas écrire.

Je la tranquillise :

– Tu sauras, un jour.

À elle de me tranquilliser ensuite :

– Ça ne fait rien, papa, puisque pour le moment je sais parler.

– Et traduire.

Elle soupire d'aise.

Quand bien même, elle hausse les sourcils, signe qu'une nouvelle idée lui est venue, ou je ne sais quoi, quelque chose de pas ordinaire à en juger par sa mine. Elle sourit à son idée. Sur mes gardes, j'attends. Une seconde après, elle suggère :

– Mais tu peux écrire pour moi.

– Écrire pour toi ?

Lyyli Belle contrefait mon ton :

– Oui, ce que je vais te traduire.

Si je conservais un doute sur ses intentions, il vient d'être balayé. Je me rends cette justice : je la voyais venir.

Sa tête de pharaone penchée de côté, elle porte maintenant sur moi un regard où passe tout le cosmos. Et moi, ma seule pensée : *à la voir comme je la vois, que ne serait-on prêt à lui accorder ?*

– Un instant, que je prenne du papier et je suis à toi.

Mais elle s'inquiète :

– Tu veux bien ?

– Je t'écoute.

– Et dis, papa, on peut dé-traduire ensuite ce qu'on a déjà traduit ?

– On peut mais ça donnerait quelque chose d'affreux. Une abomination. Mieux vaut ne pas essayer.

– Pourquoi ?

– Une parole meurt sitôt passée dans le corps d'une autre parole. Tu te vois en train de reconstituer un corps vivant avec des morceaux pris sur un mort ? Tu ferais deux morts.

– Quelle horreur !

– Je ne te le fais pas dire.

Elle change vite de sujet en m'adressant un avertissement :

– Attention, ne mets sur le papier que les choses que je vais dire, pas celles que tu as dans la tête, ou comme tu auras envie qu'elles soient dites.

– Promis.

Assurée de ma parole, elle jubile silencieusement. Sous la plumaille sombre qu'elle porte en couronne, il y a de la passion. Son visage resplendit.

Non, elle n'entend pas le silence de ma langue, la langue qui a fait sa demeure en moi avant moi, avant que je ne sache rien d'elle et qui, pour le moment, se tait. Pourrait même devenir mon silence. Non, Lyyli Belle ne s'en doute pas encore.

Ce qu'elle fait, quand nous nous entretenons tous deux : traduire de sa langue, elle vient de l'apprendre. Mais elle ignore toujours que je traduis aussi de ma langue. Non, elle ne se doute pas que nous usons, elle et moi, d'une parole tierce. Une parole comme lorsque le Diable se glisse en tiers entre deux personnes réunies pour parler.

– Bien, papa ! Mais si je ne trouve pas un mot, toi tu peux le trouver, et le mettre.

Elle ne s'interdit plus un franc sourire.

Moi :

– D'accord. On y va ?

Là-dessus, elle se met à mordiller l'extrémité du crayon dont elle se servait pour dessiner.

– Je ne sais pas ce qu'on va mettre en premier. J'étudie la question.

– Nous avons tout notre temps.

– On est bien en été, papa ?

J'embrasse le jardin d'un regard circulaire.

– Il y a tout lieu de le croire.

– Alors on commence par l'hiver. L'hiver quand les images du monde s'effacent et que sans bouger les choses s'absentent... Papa, penses-tu que c'est idiot de faire comme ça ?

– Absolument pas, Lyyli Belle. Parler des choses qui s'effacent les empêche de s'effacer. Et quiconque les aide à résister travaille à rendre le monde toujours plus fort.

83

— Les choses. Mais nous ?
— Et nous aussi, plus forts.
— Si c'est toi qui le dis...
La voix qui dit *nous* a le dernier mot, est la plus
autorisée : voix qui vient de loin pour aller plus
loin que nous.

Printemps

– Papa, tu sais, toi, ce qui vient après l'hiver ?

– Après l'hiver ? Tout peut advenir !

– Oh, papa, ce n'est pas ce que je te demande. Mais quelle saison ?

– Il me semble que c'est le printemps. N'est-ce pas le printemps ?

La question reste si bien posée au fond des yeux de Lyyli Belle que, pris d'un doute, j'en suis maintenant à m'interroger.

– Tu en es sûr ? dit-elle.

Et son œil noir paraît en savoir bien plus, qui me renvoie les reflets d'un rire annoncé, les signes d'une connivence ancienne toujours neuve, présente, *cela* qui n'a pas de fin – dont la mort elle-même n'aura sans doute pas raison.

Lyyli Belle ne veut pas des garanties que pour s'en moquer, elle décide :

– Alors, on dira que c'est le printemps.

85

Supplémentaire gage de confiance, son rire est un rire déclaré, vrai.

Et moi :

– Va pour le printemps !

Le printemps. Cœur de tous les cris. Et je contiens à peine le mien, contiens à peine ma gorge. Il y bat des ailes qui, prisonnières, me parlent, ici, ces ailes, de là-bas, d'où elles semblent venues.

À bien y voir, nous sommes en automne pourtant. Mais qu'est-ce que cela peut faire ? Nous le baptiserons, Lyyli Belle et moi, *printemps* même si, dans le jardin, les sorbiers déjà moins touffus, presque chauves, laissent entre leurs feuilles passer beaucoup d'air. Même si les coiffe moins une couronne vert et jaune et plus le bleu du ciel, têtes à l'évent ceintes, dernière coquetterie, de leurs cadenettes de baies rouges, toute une joaillerie. Oui, l'automne leur a tourné la tête comme sous l'effet d'une boisson trop forte tirée de ces mêmes fruits écarlates, et lampée à pleine gorge.

– Mais en attendant, papa...

– Quoi ?

– Dis-moi : c'est bien vrai que la terre est ronde ?

Surpris par l'imprévu de sa question, je ne peux que répondre :

– C'est ce qu'on m'a appris.

– La terre sur laquelle nous marchons ? Et tu ne me l'as pas dit ! Pourquoi ?

– Pardon, ma Lyyli Belle, je ne sais jamais où j'ai l'esprit.

– Tu as dû surtout penser que ce n'est peut-être pas une chose bonne à dire à une petite fille.

– Non, non, ce n'est pas ça. Simplement ça ne m'est pas venu à l'idée.

– Ça ne t'est pas venu à l'idée, mais une camarade me l'a dit à l'école, n'empêche. Et moi, je n'en savais rien ! Ce n'est pas drôle.

– Enfin est-ce que ça se voit, qu'elle est ronde ?

L'air méfiant de quelqu'un qui se demande où vous voulez en venir, quelle fable vous vous préparez à lui faire avaler, elle me surveille. Puis elle reconnaît :

– Non.

– Alors, fais-je, quand on aura dit *ronde,* on n'aura dit qu'un mot.

– Donc, d'après toi, on peut dire n'importe quelle bêtise.

– N'importe quelle bêtise ? Personne ne s'en prive. Mais...

– Mais, et toi ?

– Je ne me pose jamais la question, pour ce qui est de moi.

– Tu le fais quand même. Dire des bêtises.

– Ce n'est pas du tout ce que je voulais dire.

– Et tu voulais dire quoi ?

– Qu'il faut se méfier des mots. Ils ne disent jamais exactement ce qu'on croit.

– Alors les mots jouent avec nous.

– Ils se jouent de nous également.

– Papa, tu as tes idées. Bon. Mais moi aussi, papa, j'ai les miennes.

– Il faut en quelque sorte en avoir, chaque fois, la preuve tactile...

– Tactile ! Qu'est-ce que c'est que ça encore ? Un de ces mots avec quoi tu joues ?

– Excuse-moi, je manque de tact, ma fille, du coup.

– Tu veux dire qu'on ne sait rien d'une chose quand on manque de tact ?

– Finalement ça revient à cela. D'une chose et même d'une personne.

– Tu as peut-être raison. Parce que des fois je me demande si je te connais.

Je préfère couper court :

– Va pour le printemps ?

– Tu es bien sûr de ce que tu dis là, papa ?

– Oui.

– Alors va pour le printemps.

– Et que suis-je censé faire maintenant ?

– Tu vas écrire ceci.

Mais la voilà qui se concentre et ne dit mot, pour commencer.

Puis, souriant à ses pensées, le regard tourné en dedans, elle y va :

Vous entendez le cri du coucou.
Vous vous dites : c'est le printemps.
Et la forêt, elle : « Vite, mes pinceaux.
Je m'en vais repeindre le ciel ! »

Le crayon suspendu au-dessus du papier, j'attends la suite.

Rien ne venant, je lève la tête. Mais quelle tête me voit-elle faire ? Lyyli Belle renverse en arrière sa cascade de cheveux bleu nuit qu'elle est certainement la seule à pouvoir répandre sur ce pays de neiges, et part d'un grand rire...

Je me mets à rire aussi.

Les yeux dans les yeux, nous rions. Le sien, de regard, et le mien deviennent comme le centre ardent de notre corps, le centre ardent de notre être, le centre ardent de l'espace autour de nous, le centre ardent du monde.

Été

– Je n'ai pas besoin que tu me dises ce qui vient maintenant, papa. Je le sais toute seule.

– Et qu'est-ce...

– L'été, voyons !

– Je n'ai plus rien à t'apprendre, ma fille.

Toute cette science qui se cache derrière un masque d'enfant quand on y songe et, à coup sûr, toute cette sagesse ! Mais peut-être ne l'ai-je jamais ignoré ; cela explique, il me semble, l'embarras que j'éprouve auprès de Lyyli Belle par instants, et mon fol attachement. Se posant sur les choses, son regard va au-delà des choses, au-delà même du bien et du mal, et avec un naturel désarmant.

Je demande néanmoins confirmation :

– Nous dirons alors que c'est l'été ?

Par la fenêtre, l'œil pendant ce temps découvre au jardin, étendue, toute cette neige, dirait-on, évanouie de se voir si blanche. Elle dort sous la

90

tranquillité des branches et, dans l'air, ne volent que les oiseaux du silence.

Lyyli Belle ne tarde pas à me répondre mais pour écarter ma question et annoncer :

– Nous n'avons pas encore dit bonjour à mon bouleau qu'on a planté à ma naissance.

Comme je reste assis, elle, déjà debout, se campe en face de moi, attend.

Je n'ai plus qu'à me lever à mon tour et, dans le vestibule, aller passer non sans mal ma parka fourrée, en rabattre le capuchon sur ma tête embéguinée d'un bonnet de laine, enfiler de gros gants et aux pieds de gros sabots : tout cela, sous des yeux qui balancent entre le rire et la commisération.

– Papa, papa, où crois-tu qu'on va !

– Au jardin, dire bonjour à ton bouleau, non ?

– Mais tu t'habilles comme pour aller au pôle Nord !

– Et où sommes-nous, ma fille, si ce n'est au pôle Nord ? Tu n'as pas vu toute cette neige ?

– Toute cette neige ? Papa, papa !

Sitôt dehors, nous sommes circonvenus par la fragrance épurée de ce pays. Subtile, omniprésente, une odeur de résine et de fumée. Elle rôde partout, imprègne tout. La même qui, dans les maisons, adhère déjà aux murs, aux objets, à la peau des gens. Plus flagrante au froid pétrifiant de l'air, elle monte, me vient de Lyyli Belle tandis que je lui emboîte le pas. Un secret que me livre sans se trahir cette fille sortie après avoir chaussé juste des bottes de feutre.

Pur, le ciel flambe du bleu pâle qu'on voit aux yeux des autochtones. Mais, avançant dans les nuages de notre haleine et, moi, la vue brouillée par des larmes, nous y arrivons enfin, il est là, ce bouleau enfant à qui nous venons souhaiter le bonjour. Mince, frêle, cambré cependant sous sa peau d'un blanc de neige, il n'est pas seul : une compagnie de bouleaux adultes l'entoure.

Après un moment d'une fervente contemplation silencieuse, Lyyli Belle s'écrie :

– Et maintenant, papa, au travail !

Et encore, d'une voix excitée :

– Regarde-moi, papa, regarde-moi !

Elle se roule dans la neige, continue sur sa lancée jusqu'à la première marche du perron et, ce faisant, tout du long elle insiste :

– Viens, papa, viens toi aussi ! Tu verras comme c'est bien !

– Merci, ma fille.

Je la relève et nous rentrons.

Pendant que je me dépiaute de mes hardes, elle me presse :

– Au travail, papa ! Au travail !

– Objection, dis-je.

– C'est quoi, ça ? se méfie-t-elle avec une grimace qui la fait cligner d'un œil.

Et moi de croire bon de m'inquiéter :

– J'aimerais savoir ce qui te prend à vouloir tant dire, et si vite ? Pas fatiguée tout de même un peu ?

Tel que pour lors je suis assis à ma table de travail et, elle, comme elle y est accoudée, elle se tourne pour me faire face, gonfle la lèvre inférieure.

– Il faut prendre le temps de vitesse si on ne veut pas rester en arrière.

Penchant la tête, de sous sa toison noire, elle me considère.

– Si on ne veut pas être rattrapé par la mort.

Je reçois le regard dont elle me gratifie, ne trouve pas de réponse à lui fournir. Sans prononcer un mot, j'ouvre mon bloc-notes, en replie les feuilles déjà noircies. Le crayon levé, j'attends.

À ce moment, sous le coup d'une inspiration, elle se fait soudain implorante :

– Papa, tu peux bien patienter une minute. Je dois aller chercher quelque chose.

– Va. Le temps ne nous prendra pas de vitesse, tu verras. Ni la mort. Nous avons une bonne avance sur eux.

Tout occupée qu'elle soit sur le moment, toujours on ne sait quoi de plus urgent encore l'appelle ailleurs. Et ça n'a pas manqué de se produire, cette fois non plus.

Elle revient au bout de trois ou quatre minutes,

guère davantage, et qui traîne la poussette en osier où dort la poupée de son qu'elle a eue à Noël.

– Ah, je comprends, fais-je. Le petit bébé voulait sa maman. Mais comment s'appelle-t-il déjà ?

Elle me répond, laconique :

– Lyyli Belle.

Surpris, je l'observe.

– Tiens ! Et toi, comment t'appelles-tu dans ce cas ?

Elle lâche sa poussette, grimpe sur mes genoux, m'entoure le cou des bras et, d'un souffle doux, me chatouille l'oreille. Si bas parle-t-elle : un chuchotis auquel je ne comprends goutte. Je la fais répéter. Elle recommence, mais je désespère de saisir ce que cette voix chuintante me confie. Essaie-t-elle de me dire un autre nom, un nouveau nom, le nom selon son cœur qu'elle se donne ? Je la fais répéter encore. Là-dessus, j'entends !

– *Ioula Aëdovna,* susurre-t-elle.

Words, words, words...

Ainsi font les mots, ainsi font, font les petites marionnettes.

Automne

– Maintenant écris, papa : « Lyyli Belle est mon nom et les histoires que je raconte sont à tous les enfants du monde. »

J'écris. Sa capacité d'amour, je la sens incommensurable.

– Voilà qui est fait, dis-je.

Comme on s'adresse à un porteur de message, elle commente :

– Pour qu'elles leur portent bonheur. Ils peuvent les mettre en musique aussi.

Scribe, je suis prêt à poursuivre ma tâche, prêt à tout noter, hormis ce qui se perd toujours : le ton, et la feuille de papier peut pleurer de perdre ce qui fait la vie, et la fait précieuse.

À travers les fenêtres, Lyyli Belle cherche en même temps du regard on ne sait quoi entre les arbres de la forêt toute proche. Son inspiration ? Puis, sans tourner les yeux de mon côté, elle m'interroge :

– C'est vrai, papa, que ça vous embellit d'aimer ? Et que ça embellit ceux que vous aimez ?

– J'en suis sûr.

D'eux-mêmes, les arbres s'en viennent frôler les vitres, surprendre ce que nous sommes en train de fabriquer là, écouter peut-être ce que nous disons. C'est évidemment Lyyli Belle qu'ils connaissent le mieux ; moi, un peu moins.

À son exemple, je leur prête aussi toute mon attention. Leur parle-t-elle sans bruit ? Cela lui ressemblerait. Et lui répondent-ils ? Quelque chose se passe que j'ai du mal à comprendre. Sauf à y tenir le rôle de témoin, s'ils sont le moins du monde engagés dans une conversation, je ne puis dire que j'y suis admis en tiers ni même en quart.

M'armant de patience, j'attends donc qu'ils aient fini et que la parole vive soit retrouvée, je veux dire le genre de parole explicite qui m'est généralement accessible.

Un instant s'écoule encore. Je passe outre, m'aventure à lui demander :

– Que dois-je écrire à présent ? Nous en sommes à l'automne, me semble-t-il.

– L'automne ? Oui.

Cette peine dans sa voix soudain et, en plus, doublée de résignation. Nous demeurons, elle à considérer toujours quelque chose loin dans la forêt, moi à l'observer. Eau de chagrin, le silence fait à l'improviste silence autour de nous, s'étale.

Elle redit sans se retourner, sans déranger le silence :

– L'automne.

– Oui, ma belle.

Pourtant, attendrissants sous des dehors timides, frileux, les arbres au jardin reverdissent, renouvellent leurs feuilles, la végétation repart ; c'est le printemps, quoi !

Elle reprend :

– Si ça ne t'ennuie pas, on continue.

– Pourquoi veux-tu que ça m'ennuie ?

Et je sais qu'à partir de cette minute nous ne ferons pas que vivre dans le même espace mais aussi dans la même pensée.

Lyyli Belle dicte alors :

> *Il viendra peut-être, papa,*
> *d'ici l'été.*
> *Sur l'herbe viendra peut-être*
> *une bête et me parlera.*
> *Moi, j'aime les moutons*
> *aux yeux doux.*

Puis, la tête droite sous ses cheveux ébouriffés, elle poursuit, le regard perdu, son rêve au-delà des mots.

Malgré moi, je sursaute.

– Mais voyons, ma fille ! Pourquoi as-tu voulu que j'écrive ça ? Ne suis-je pas ici ? Près de toi ?

Elle ne daigne guère plus qu'auparavant se retourner ; elle dit :

– Pour te montrer comment tu es. Jamais ici même quand tu crois y être.

Je quitte ma table de travail, je prends Lyyli Belle dans mes bras. Docile, elle se laisse faire. Docile sans plus.

La parole nous défait par défaut.

Mais à cet instant monte vers nous une autre parole. Sa mère a commencé, d'en bas, à crier :

– Lyyli Belle ! Lyyli Belle !

La réponse tardant à venir, on continue d'entendre appeler :

– Lyyli Belle ! Lyyli Belle !

Se libérant des bras dont je l'entoure, Lyyli Belle s'inquiète :

– Qu'est-ce qu'il y a, mamouchka ?

– Descends, j'ai besoin de toi ! Je voudrais que tu m'aides !

Lyyli Belle me laisse.

Je me poste devant une des fenêtres, désœuvré tout d'un coup, l'attention plutôt captée par le spectacle des houleuses profondeurs d'un jardin en proie au vent et au crépuscule... C'est certain : ici, je n'y suis pas souvent... et là-bas... Là-bas qu'est-ce qui m'attend ? Un tueur au coin d'une rue ? Et un tueur lâche, parce qu'il prétend être le soldat d'une noble cause. Lâche, il sera armé et moi non. Lâche, il me connaît déjà, il m'a espionné, il a noté mes allées et venues, alors que pour moi il demeure un parfait étranger. Lâche, parce qu'une fois son forfait commis il n'ira pas s'en glorifier mais se fondre dans la foule anonyme. Oui, lâche, lâche. Il aura consenti à être payé pour tuer, il sera un drogué en manque... À quoi sert alors de s'exposer aux coups de ceux-là qui n'hésitent pas, font ripaille de la chair de leurs victimes, dans l'acception la plus bestiale du terme ? Ce ne serait pas un combat loyal, égal. Il n'y a pas de combat dans ce cas, il y a meurtre. Pourtant c'est nécessaire, il faut s'exposer, un combat reste toujours à mener, celui de faire œuvre de vie. Mener en paroles, en actes, par écrit. Opposant aux discours soufflés par la haine, à l'instigation au crime, les mots justice, espoir, amour, sans se décourager...

Sans se décourager... Je continue à penser : *sans se décourager,* et tel que je suis, je me vois, à la même place, le regard perdu dans un jardin où les arbres ont l'air de s'être éloignés des fenêtres pour s'enfoncer dans la nuit.

D'autres saisons

À ce moment, comme visitée par une idée subite, Lyyli Belle pousse un cri. Seulement, elle ne dit rien.

La main appliquée sur la bouche, elle contemple d'un regard fixe les mots que je viens d'inscrire sur mon bloc-notes. Sans doute étaient-ce les siens, tombés de ses lèvres, et que voit-elle à présent ? Muets, des gribouillages qu'un tour de passe-passe fait défiler sous ses yeux en processions de fourmis. Elle ne semble savoir comment prendre cela, ni s'il faut en rire ou en pleurer. La stupéfaction faite fille : c'est Lyyli Belle découvrant pour la première fois en quoi une parole vivante peut se changer – et n'en revenant pas. Une parole vivante, un chant de votre corps, nourri par votre propre souffle.

Je lui retire cette main de la bouche, lui dépose un baiser dessus. Elle n'a pas conscience de mon geste, la main est inerte. Retenant sa respiration, elle ne fait, dirait-on, qu'écouter venir quelque chose de loin. Puis d'un coup elle sourit. Le soleil a brillé de nouveau.

Je ne suis là, moi, que pour observer ça, en prendre acte.

Je dis alors doucement, l'invitant à s'en faire une raison, d'une certaine manière :

– Eh bien, voilà qui est fini. Nous avons effectué le tour des saisons.

– Tu te réjouis un peu trop vite, papa. Et les autres, qu'est-ce que tu en fais ? On n'en parle pas ?

Et moi qui ne la croyais capable de prêter attention qu'à ses pensées, n'imaginais pas qu'elle en aurait été distraite quoi qu'on lui eût dit, quoi qu'on lui eût annoncé.

Je m'étonne :

– Les autres ?

– Les autres saisons, oui.

– Comment, lesquelles ? À ma connaissance, il n'y en a que quatre.

– Mais nous, nous en avons huit !

– Tant que ça ?

– Bien sûr.

– Ah bon.

– Tu ne me crois pas.

Son grand souci : savoir si je la crois ou, mieux, si je crois en elle.

– Sûr que je te fais confiance, ma belle. Les yeux fermés.

– Garde-les bien ouverts pour l'instant, tu en auras besoin, me conseille-t-elle avant de poursuivre fièrement : nous avons l'été et le demi-été, l'automne et le demi-automne, et tu continues à compter jusqu'à huit. Il faut en parler aussi.

– Du diable si je vois comment nous nous y prendrons.

– Tu as dit que tu me fais confiance, papa ? Donc, c'est mon affaire. De toutes ces saisons que tu ne connais pas, nous dirons des choses nouvelles.

– Je suis tout ouïe.

– Donc, pas tout non.

– Non, tout ouïe.

Dans ses yeux de nuit, prévisible, l'étincelle d'un rire jaillit, attise le jour et Lyyli Belle, renversant la tête en arrière, montre une gorge où roulent les mots.

– Si c'est tout oui, tu verras... tu verras...

– J'en suis convaincu d'avance. Et tu commenceras, je suppose, par dire que les saisons ne sont pas juste une question de temps qu'il fait.

– Papa, papa, tu n'es pas bête !

– Et que ça concerne aussi beaucoup les arbres.

– Et aussi les arbres, bravo, papa !

De ce Schubert, dont elle joue de petites pièces au violoncelle, elle reprendrait volontiers le mot si elle le connaissait : « Quant à moi, je donne au monde ce que j'ai dans mon cœur. »

Je pense plutôt, moi, *ah, ce pays de Lyyli Belle si peuplé d'arbres, avec toutes ses forêts, si gorgé d'eau avec ses milliers de lacs.*

– Mais, papa, est-ce qu'on peut dire que les arbres et les gens, c'est pareil ?

– Oui, d'un certain point de vue.

– Quel point de vue ?

– Quel point de vue ? Eh bien...

– Tu ne le sais pas, toi. Moi je le sais : parce qu'un gens est un arbre à dires.

– Un gens ? Un homme, ou une femme ?

– Pourquoi tu as l'esprit aussi compliqué, papa ?

Petits hochements du bonnet : elle jouit de son triomphe. Mais bientôt elle change d'expression et, l'air intrigué, elle s'interroge plus qu'elle ne m'interroge :

– Si nous allons sur une autre planète, trouverons-nous des arbres ?

– Il faudra voir. Si nous en trouvons, nous pourrons rester, sinon il sera de notre intérêt d'aller chercher ailleurs au plus vite.

– Je t'aime d'être si intelligent, papa. Alors tu peux écrire :

*Vers une lointaine planète,
un jour nous serons partis.*

103

L'Arbre à dires

> *Mais notre pauvre terre déserte*
> *je penserai à elle.*
> *Qu'elle ait été notre maison*
> *et qu'y viennent d'autres gens ?*
> *Sauront-ils au moins, ceux-là*
> *où se trouvent les choses ?*
> *La place des bols, des poêles,*
> *des balais, du fil à coudre ?*
> *Chacun de nous aura laissé*
> *tout en ordre derrière lui.*

Je rédige mais, le cœur serré, je songe à *notre pauvre terre,* pour parler comme Lyyli Belle et, de nouveau, à ce beau pays, à ses forêts, à ses lacs. Abandonner tout cela, un jour ?

> *Prendront-ils soin de tout,*
> *du reste et des arbres aussi ?*

CALIFORNIAN CLICHÉS

L'homme en proie aux images

La photographie capte l'instant et le fixe pour l'éternité. Là est le drame : elle assèche le temps, qui est expression de vie. Elle tarit tout ce qui, flux, s'écoule, passe, doit s'écouler, passer – et dès lors ne va plus s'écouler, passer.

Saisi par l'objectif et, ainsi, ravi au temps, ce monde au cours changeant, ondoyant, incertain qui est le nôtre, en demeure interdit, figé dans son objectivité. La prise (l'emprise) photographique le voue au trou noir de l'immuable.

Pourtant, ni l'image qui me représente n'est moi, ni celle qui m'offre le spectacle de la nature n'est la nature. Pas plus moi que la nature nous ne nous y reconnaissons ; mieux, elles nous dépossèdent, moi, de moi, et la nature, d'elle-même. Sidérant les forces qui concourent à nous faire être, elles pétrifient de surcroît l'obscur travail de la mémoire comme celui de la psyché.

C'est elle, la photographie, au bout du compte

qui nous devient mémoire et psyché, mais juste mesurées à l'aune et au poids d'une pellicule, ou d'une épreuve-contact.

Jamais une photographie ne me restitue, d'une personne ou d'un lieu, l'image que ma mémoire en garde. Cela, que j'y vois reproduit, me reste étranger, nulle communication entre nous. Elle n'existe, cette image, qu'à l'état d'entité fermée sur elle-même, ne représentant qu'elle-même. *L'image est autiste.*

Ou alors, s'il y a communication, celle-ci s'engage sur le malentendu de ce qu'il est entendu que je doive reconnaître et qui est supposé aller de soi. Dans ce cas, je joue au jeu inconscient et hypocrite de celui qui voit, non ce qui est, mais ce qu'il est censé voir – ou ce qu'il projette sur ce qu'il voit.

L'imagination est certes libre d'y trouver prétexte à s'exercer, de prendre du champ et jusqu'à, se tournant vers d'autres horizons, la clé des champs.

Quand bien même j'y figurerais, une photographie atteste la réalité sans moi. Mais quelle réalité est-ce que cette réalité ectoplasmique, cette réalité qui vous procure l'impression bouffonne et inquiétante d'être peuplée de fantômes ? Vidant gens et choses de toute vie, les gelant pour l'éternité, qu'est-ce ?

Ce qui me regarde, quand je regarde une photographie : le néant qui *s'envisage,* se fait une tête pour me faire face. Sûr que le monde est une maison hantée, mais tout de même ! Plus sûrement, en revanche, un cliché est le masque sous lequel son non-sens nous dévisage.

Une photographie ne nous donne pas à voir le monde : miroir, elle n'en restitue que l'apparence, ne crée qu'une sphère virtuelle de reflets autour de l'homme. Orphée qui s'ignore et descendu au cœur du Tartare pour en ramener il ne sait quelle Eurydice et ne fait qu'errer finalement parmi des âmes rien moins qu'en peine, l'Homme. L'Homme qui, à trop vouloir connaître le monde et ses arrière-cours par le truchement de l'image, s'immerge dans l'enfer des faux-semblants.

En posant devant l'objectif, nous nous exposons. À quoi ? Qui saurait le dire ? Au néant. À quelque chose comme le regard de notre mort.

109

Observons-nous en train d'observer notre portrait une fois tiré et l'impression qu'il nous dispense : sur nous, comme des paupières se sont refermées et néanmoins, à la fois étanches et translucides, elles laissent toujours filtrer le regard qu'elles abritent, lequel continue à nous toiser. Du reste...

Rien ne différencie une photographie faite de nous, vivants, d'une photographie de nous morts. Des images prises dans une morgue le prouvent tout en témoignant d'un aboutissement insurpassable.

L'art photographique y trouve son couronnement, il y est à son sommet.

De ce fait, la photographie trahit son caractère de fétiche. Qu'est-ce qu'un fétiche ? Un objet qui, avec ses propriétés spécifiques, cumule celle d'entretenir des rapports avec des puissances occultes, un univers de secrets et de mort, dont il devient le signe et le suppôt. Nul doute que cette définition ne s'applique à la photographie et nul doute que celle-ci ne réveille l'instinct fétichiste de l'homme, ne réponde à son besoin fétichiste de détenir par elle une parcelle de ce pouvoir.

Il n'est que de songer aux soins et au respect dont nous entourons nos photographies ; ou aux usages, soit de magie noire soit de magie blanche, auxquels certains d'entre nous les destinent ; ou à cet emploi courant qui les fait disposer au-dessus des tombes comme si, dans sa vie posthume, elles devaient veiller sur le cher défunt et en même temps servir de moyen de communication avec lui.

Le voyeur éhonté et sacrilège qui dort en l'homme ne pourra jamais se passer d'images.

Addenda :

Pour l'exposition, organisée par le musée Guggenheim (New York) en 1996, de certaines photos que j'ai prises dans ma bonne ville de Tlemcen en 1946, j'ai eu à répondre à un questionnaire.

Mes réponses :

I. Rien dans mon enfance ni plus tard ne me destinait à devenir photographe. À partir de douze ans, il est vrai, je me suis mis à peindre, et des années plus tard à écrire ; ce n'est pas la même chose. J'ai d'ailleurs abandonné la peinture peu à peu pour ne plus faire qu'écrire, jusqu'à aujourd'hui.

II. Ce qui est sûr, c'est que je suis un visuel, un œil. Cela ressort dans mes écrits et quel que soit le genre d'écrit : poème, roman, nouvelle. Mais je n'ai fait de la photographie qu'occasionnellement et n'ai pris les clichés que vous avez découverts dans *Tlemcen ou les lieux de l'écriture** que parce qu'un ami, marchand de matériel photographique, m'avait prêté à l'époque un appareil, un Rolleiflex. À ce moment-là, je n'avais pas même de quoi acheter de la pellicule.

III. Je ne suis jamais devenu photographe comme vous pouvez le déduire de ce qui précède.

IV. Et donc je n'ai jamais eu à prendre des leçons de photographie.

V. Je l'ai déjà dit dans ma première réponse : je suis un visuel, un grand œil ouvert.

VI. Plus jeune, j'ai eu des expositions de peintures, pas de photographies. Ce n'est que l'an dernier que l'éditeur de *Tlemcen ou les lieux de l'écriture* a organisé des expositions, que je n'ai pas vues, avec les photos de ce même livre, dans quelques villes de France et d'Afrique.

---

* *Revue Noire*, Paris.

421 West Avenue, Los Angeles, U.S.A.

Nous nous sommes à peine entre-salués, elles et moi, lorsque les deux amies qui m'attendaient à l'aéroport international de Los Angeles m'apprennent que je suis déjà pourvu d'un logement ; une de leurs connaissances m'offre sa maison. Elles rient.

– Un souci en moins, n'est-ce pas ?

Elles vont m'y emmener sur-le-champ.

L'occasion m'est donnée sur-le-champ aussi de découvrir combien, à Los Angeles, les distances sont énormes. On n'en a pas idée.

Josette conduit. Française, elle se trouve être aujourd'hui une Américaine pour avoir épousé un G.I. à la fin de la Seconde Guerre mondiale. Assise à ses côtés, Norma est, quant à elle, une Américaine un peu plus américaine que les autres : elle a du sang indien. Elle le porte sur la figure, on dirait une Berbère de l'Atlas.

Nous roulons depuis un bon moment déjà. Et

113

arrêt sur image : *barrant l'horizon, s'encadre dans le pare-brise une falaise sinueuse, boisée, sur le flanc de laquelle se détachent des lettres visibles de la Lune :* MTS HOLLYWOOD *et, presque à la suite,* MTS WASHINGTON.

Josette dit :

– C'est là que nous allons.

Je fixe des yeux ces hauteurs, fixe le ciel céruléen par-dessus et ne dis mot.

Norma n'a pas ouvert la bouche. Je comprends : elle a hérité de ses ancêtres sioux ce pouvoir de silence qui fait de la parole un bruit futile.

La voiture ne fait qu'avaler des miles. Dix heures passées en avion, et cela pour finir.

Une maison m'est montrée bientôt : blanche, assise sur une plate-forme de béton, ceinte d'une cotte de bardeaux se chevauchant à l'horizontale, la porte et deux fenêtres ouvertes sur un porche que soutiennent deux piliers ; pas d'étage. Là finit tout simplement la route ; nous sommes sur le mont Washington. La maison que je vais habiter. Sur les bords de la Méditerranée, nous dirions une villa. Elle surplombe le déluge vert qui dévale un à-pic.

Tôt levé de mon premier somme en Amérique, avant le soleil, je sors.

Guère dépaysé, mais avec quelque surprise, je

tombe dans une lumière, pour moi, nord-afri-
caine. Glorieuse, j'entends.

Pentus, en terrasses parfois, des jardins m'en-
veloppent, plus exubérants, plus touffus les uns
que les autres. À défaut d'une frontière précise
entre eux, ils se déversent les uns dans les autres.
Je fais un tour là-dedans et je remonte vers la
route, qui rebrousse chemin après avoir buté sur
un bois étendant des ailes ombreuses sur la terre,
ocre dans les parages, si elle n'est pas rouge.

Pour le soleil, ce n'est toujours pas l'heure, une
indicible clarté aux franges bleues continue de
lustrer toute cette végétation. Et plus il semble
que des radiations irisées fusent d'une roue brassant l'espace à grande vitesse, mais elle-même
imperceptible, plus l'illusion se fractionne en une
myriade d'étoiles vibrionnantes dont le cœur est
une agate. Des oiseaux-mouches ! Tant que le
soleil n'apparaît pas, ils s'empressent de courtiser
les fleurs en nuées translucides, faisant leur plein
de nectar.

Puis le soleil émerge d'une brume ténébreuse,
le visage tout blanc et, d'un souffle, il élimine les
oiseaux-mouches. Nettoyée, la pyrophorie, plus
traces de ces follicules de lumière.

Mais des geais bleus entrent alors en scène,
querelleurs, non moins bavards qu'une classe de
maternelle. Attiré, un chat survient. Mal lui en
prend, il essuie les piqués assassins d'un quarte-

ron de fusées taillées dans du saphir. De mauvais gré, il bat en retraite.

La fraîcheur qui, perçante, glaçait l'atmosphère il y a peu, a cédé la place à un feu de minute en minute plus avivé. Je m'en allais ramasser sur le pas de la porte les deux bouteilles de lait aperçues en sortant. Sur ces entrefaites, arrive sans hâte, en se dandinant, une grosse chienne. Elle s'arrête devant moi, qui lui fais face.

– Bonjour, chienne : sinon comment t'appelles-tu ? dis-je.

Parler ainsi à ces bêtes lorsqu'elles m'abordent : une habitude. C'est une matrone à bajoues, mafflue, tenant tout juste sur ses pattes et, surtout, les yeux gonflés, rouges.

Comme elle me considère, sans bouger, l'air absent, moi :

– Qu'est-ce qu'il y a ?

Puis tout d'un coup, je pense qu'elle ne comprend pas ma langue, la pauvre.

Je m'exprime dans la sienne :

– *What's the matter, dear ?*

Elle secoue sa tête massive, cette fois, mais sans plus.

Ayant sans doute écouté cette conversation, un voisin hisse la tête par-dessus la broussaille qui, sur l'autre bord de la rue, sert de clôture à son jardin, va jusqu'à son portillon, le franchit sans toutefois pousser plus loin. A-t-il été touché par l'intérêt que je témoigne à cette bête ? De but en blanc, avec une familiarité désarmante, il m'explique :

– Elle est saoule.

– *Is that so* !

– *Indeed* ! *Really* ! s'esclaffe-t-il, en s'apercevant que je ne le croyais pas. Son maître vit dans cette maison que vous voyez sur votre droite. Dès qu'il revient du travail, il sort la bouteille de bourbon et en avant, il se sert et sert sa chienne. Tous deux passent des soirées entières à boire. Il est seul, vous comprenez.

– Et c'est là qu'il habite ? La porte est ouverte.

– Yah, il laisse tout ouvert en partant. Vous pouvez entrer et visiter.

Ayant dit cela, il a eu un petit ricanement, à ce qu'il m'a paru.

J'y vais. Pourquoi pas ? Je descends quelques marches et me trouve au niveau de la maison, de plain-pied avec l'entrée. Je risque un œil à droite, à gauche, par la porte béante.

À ce moment, la chienne, qui m'a suivi, me bouscule un peu en passant et, de sa démarche mal assurée, pénètre et pénètre comme pour se préparer à me recevoir. Mais je m'en tiens là et m'en retourne sur mes pas.

– Oui, dis-je.

– Yah, approuve l'homme avec la même cordialité tonitruante.

117

Il a, devant son portillon, attendu tout ce temps pour voir ma réaction.

Je ne fais aucun commentaire. Trouve-t-il cela bizarre ? Il ajoute :

– Il n'y a rien à craindre par ici, croyez-moi !

Il sait que je suis un étranger. Et lui, pantalon flottant soutenu avec des bretelles, chemise claire, un de ces Américains bâtis comme des chênes, que l'âge conserve en l'état et ne fait même qu'endurcir, fortifier, il pose sur moi un regard mi-rieur mi-distrait, mais somme toute amical. Sur un salut du bras, il rentre chez lui.

Je regagne aussi mon cottage en pensant au rigolo qui n'a pas trouvé meilleur complice de beuverie que sa chienne. Possible que les Américains souffrent d'un mal qui a nom, *solitude*. Leur pays est si vaste !

Venice

Nous arrivons à Venice, l'ami Paul et moi, dans
sa Toyota aux sièges crevés qui dégorgent leur
mousse. Paul, un poète de la côte Ouest. Non
pour faire du tourisme local, ce n'est pas le genre
d'inspiration qui le visiterait. Quoi qu'il en soit,
j'ai entrevu au passage deux ou trois rigoles ensa-
blées. Quand on est à deux pas du Pacifique qu'a-
t-on besoin de canaux vénitiens ?

Non, il est venu, et moi avec lui, à la recherche
de quelqu'un. Il fait volontiers les quarante ou
cinquante kilomètres qui, dans la même ville,
nous séparent pour me tirer de mon trop pesant
– doit-il se dire – isolement.

Ayant abandonné la Toyota, nous nous diri-
geons vers un vieux hangar, un assemblage de
planches à la fois brûlées et blanchies par le soleil
californien et, tirant une porte bancale, sans frap-
per, nous entrons.

Seul un Noir efflanqué est là sur une chaise en

119

train de faire cliqueter contre sa cuisse deux cuillères à café coincées entre les doigts de sa main droite pendant que, de la gauche, la tête dodelinante, swinguant, il applique de petites tapes sur l'autre cuisse. Un jeu qui n'accompagne ni un blues ni un gospel, pas un chant, rien.

Paul lui pose des questions. Mais le Noir, de la manière significative dont on témoigne qu'on écoute, branle du chef sans s'interrompre et en mesure. À la fin et, toujours de la tête, il fait non. Il n'a pas prononcé un mot.

Nous retournons affronter le soleil du désert. Le craquetis nous poursuit : grêle, têtu, plaintif et tout ensemble guilleret.

Paul, et je le suis, porte ses pas vers un bistrot qu'on voit de loin exhiber son enseigne aux *Two Oars*. Avec un style de fonceurs, nous y entrons. C'est une espèce de *weinstube* au solide mobilier de bois poli, aux murs lambrissés du même bois clair.

Aussitôt une belle collection de buveurs nous hèle. Attablés comme ils sont, ils nous pressent tous, avec des signes du bras, de nous joindre à eux.

Après des tapes dans le dos, nous prenons place devant d'opulents brocs de bière déjà servis en même temps qu'un plat de chips. On nous apporte des chopes que nous remplissons chacun du breuvage contenu dans les brocs. Cette bière n'est plus ni très fraîche ni très pétillante, mais personne ne semble s'en formaliser. Je regarde autour de moi : aux autres tables, même mixture, on n'a pas le choix.

Guère de temps après, dans le brouhaha nourri de la salle, le cliquetis jazzy des petites cuillères se fait entendre. Le Noir de tout à l'heure, un échalas tel qu'il avance maintenant sur ses échasses : il circule dans les travées, ne regardant personne en particulier, ne voulant, ne demandant rien.

Parvenu à hauteur de notre table cependant, il adresse du coin de la bouche, à Paul et à moi, une grimace pouvant passer pour un clin d'œil. Il ne tarde pas à ressortir comme il est entré : sans un mot, sans un regard pour personne. De tout ce temps, nos compagnons n'ont pas cessé de reprendre, avec de gros rires, la grosse blague sur *The Two Oars,* ces deux gigantesques rames peintes en croix sur la façade de notre *beershop* en guise d'enseigne, et d'en faire des gorges chaudes, et de beugler : *the two whores.* Les rames devenues ainsi *des putains.*

Mais Lyyli Belle joue de la même façon avec les mots, farfadets, démons familiers qu'ils sont. Et qui, d'entre nous, voudrait se passer de ces jeux ?

On n'est pas ici dans un sex-shop, tous ces Américains sont jeunes et, à cent ans, resteront toujours jeunes, arboreront le même air.

Dodger Stadium

Nous sommes combien : cinquante, soixante-dix, cent mille personnes à regarder un match de base-ball au Dodger Stadium ? Cinquante, soixante-dix, cent mille personnes en cette minute, plutôt à en pilonner du talon les gradins, tandis qu'une fanfare d'enfer porte ses cuivres à incandescence dans une marche fracassante.

Rien n'est plus long que ces rencontres, aussi quelques instants de répit sont-ils accordés aux spectateurs pour leur permettre de se dégourdir les jambes. Ce que nous faisons ? Ce que fait tout le stade, hommes, femmes, enfants. Nous piétinons à qui mieux mieux sur place, en cadence, et scandons, entraînés par l'orchestre, des airs spécifiques, institutionnels.

De quelque façon qu'elles se déroulent, ces compétitions s'éternisent, et les gens, avertis, y viennent, sage mesure de prévoyance, munis de provisions – dans de grands sacs en papier. Ce à quoi s'est rigoureusement conformé Paul qui, à mon côté, serrant notre sac d'un bras, vocifère, bat le béton de la semelle. Et moi, pour qui tout cela est nouveau, je mime de mon mieux le comportement général comme, dans une église, ou une mosquée, on se sent contraint de le faire si par accident on y est surpris au cours d'un service.

Je ne sais quel chant j'entends et, quand cela serait, ne voulant pas être en reste, je ne sais ce que je chante mais je donne consciencieusement de la voix. Ce qui ne tire guère à conséquence, je ne m'entends pas moi-même. Et le principal n'est-il pas de chanter, d'être de chœur avec les autres ?

Puis, d'un coup, la musique s'interrompt et, du même coup, les chants aussi. Nous nous rasseyons dans le plus profond silence, le crépuscule s'annonce non par un afflux d'ombre mais par un excès de lumière dorée. Ceux des joueurs qui avaient quitté leurs places y reviennent. La partie peut reprendre.

Et ça en demeure là, il ne se passe rien. Les minutes défilent. Un sortilège a frappé le Dodger Stadium, a figé le monde entier, figé les minutes elles-mêmes ; l'air est tendu à se rompre. Si, au milieu de cette attente, il arrive à un rare protagoniste de bouger et que vous le voyiez dans un petit trot aller se mettre plus loin, ailleurs, puis derechef ne plus risquer un mouvement, c'est comme un miracle advenu sous vos yeux.

Il n'importe pourtant ; ce rare protagoniste qui a donné l'impression de s'être trompé de poste n'a pas réussi à provoquer la rupture de la tension régnante. D'aucuns autres s'interpelleront à travers le terrain sur un ton bref et leurs voix sonneront incongrûment dans l'énorme silence : ils ne conjureront pas plus l'atmosphère de sorcellerie.

Unanime, hypnotique, l'immobilité se prolonge et, au suprême degré de l'expectative, le pied posé sur une terre enchantée, tous autant que nous soyons, sommes incapables de dire ce que nous attendons. N'était que...

Qu'à la seconde suivante, nous surprenant, réveillant, une balle, avant que nous ne l'ayons vue partir, plus rapide que l'éclair, est lancée d'un coup de batte et que des joueurs se sont rués comme des fous dans une course qui leur a fait accomplir le tour du stade ; un stade de nouveau tout attention. Aux aguets.

À vrai dire, j'ignore ce que mes yeux voient, comme tantôt je ne savais ce que je chantais. Mais les dizaines de milliers d'individus présents, en suspens, y compris les enfants, on sent qu'ils savent ce qu'ils voient.

Avec quelques amis, Paul publie un tabloïd pour poètes, exclusivement. Invraisemblable fourre-tout et merveilleuse mine que ce journal ! S'y côtoient auteurs, écoles, styles, époques d'Amérique et du globe. Et le titre – *Invisible City* ! Métaphoriquement : Los Angeles. La ville introuvable, pour ne pas la nommer et qu'on n'aurait su d'une meilleure formule surnommer.

J'en penserai autant du base-ball, jeu non moins invisible, introuvable.

Tel un type d'équation exponentielle où, par conséquent, l'inconnue entre en exposant, tel se présente Los Angeles dont chaque composant (Pasadena, Glendale, Santa Monica, etc.) est affecté de la même inconnue. Pour dire les choses d'une manière plus simple, Los Angeles reproduit sans fin la figure du lieu mystique où le centre est partout et nulle part. J'en ai traversé les différentes apparences et cependant je ne suis pas sûr d'avoir jamais rencontré cette ville, ou rencontré ce que j'aurais dû y rencontrer. Par exemple un de ces durs dont Raymond Chandler s'est fait le chantre. Eux, je me doute un peu pourquoi : ils appartiennent à un passé déjà révolu. Mais pas davantage ceux de James Ellroy, qui sont d'aujourd'hui. Est-il besoin d'un mot de passe pour être introduit ? Aucun de mes amis américains ne semble au courant de leur existence. Dieu, ou le Diable, sait pourtant que ces braves gars de gangsters sont connus de toute la terre.

En revanche, des stars de Hollywood, en puissance, en herbe, oui, j'en ai rencontré, garçons et filles, dans leurs lieux de rendez-vous favoris : certaines brasseries ; encore que celles-ci soient d'ordinaire si peu éclairées qu'on n'y avance qu'à tâtons et ne s'y adresse qu'à des ombres. Leur préoccupation essentielle, les starlettes surtout, comme il ressort de leurs propos, c'est de pouvoir se procurer le blue-jean le plus usé, le plus déteint.

Toujours est-il que l'opportunité m'a été donnée de connaître Watts, la ville noire, sinistrée encore à cette date, depuis la grande révolte. Mais y a-t-il eu un temps où elle ne l'aurait pas été – sinistrée comme je l'ai vue, l'air vidée de son âme, exsangue, à la fois déshabitée et peuplée de spectres allant, solitaires inquiétants, par les rues ? Certes, dans tout Los Angeles, peu nombreux sont les piétons qu'on rencontre, ceux qui, silhouettes évasives, hantent les voies publiques, ils se comptent, en plein jour, par unités. Dans Beverly Hills, en fait, un passant est par définition un suspect et peut être arrêté, aussi bardé de pièces d'identité en règle qu'il soit.

Une famille noire m'a bel et bien reçu à Watts. Au vu de cet intérieur, j'ai ressenti l'impression éprouvée dehors, dans la rue : l'effet d'un vide installé en quelque sorte ici dans ses meubles, batterie d'appareils ménagers incluse et tout autant superflue, cette nature de vide qui se crée dans une maison en passe d'être abandonnée mais qu'on n'a pas encore quittée, qu'on ne quittera peut-être jamais et au milieu de laquelle on continuera de camper en attendant.

Certains Blancs, et davantage de Blanches, de ma connaissance me battent froid depuis qu'ils ont eu vent de ma visite dans cette famille de Watts.

Et pourtant. Arrêt sur image : *l'autobus jaune, vieillot, venu de l'autre bout de Los Angeles déverser, le matin, une cargaison de chérubins blancs dans la cour d'une école de Watts.*

Autre arrêt sur image : *le même autobus déversant une cargaison de chérubins noirs dans la cour d'une école pour Blancs d'un quartier blanc de Los Angeles.*

Un échange d'espérances ?

A son of a bitch

Sur un lourd fond de conversations entrecroisées, d'éclats de voix suivis sans arrêt d'intempestifs, retentissants éclats de rire, comme sourd à ce charivari, Buke assis au piano tapote, le regard perdu dans la contemplation du canon de bière posé sur le haut de l'instrument. Je me demande quel sens me permet encore d'entendre l'air que le *son of a bitch* – ainsi Charles Bukowski aime-t-il se présenter – chantonne, ou bougonne peut-être, à bouche fermée. Un air de blues, c'est sûr, dont, de loin en loin, il marque les temps forts par des balancements de sa tête de satyre et, soudain audibles, des accords assenés sur le clavier. Et alors d'un geste lent, comme en rêve, il empoigne sa boîte de bière et arrose ça, les yeux au plafond.

Buke veut se faire passer pour un soiffard. Je pense qu'il n'en est pas un. Pour bien s'en rendre compte, il faudrait l'observer, comme je l'ai fait. Il s'est forgé cette réputation et il y tient ; plutôt :

il se donne beaucoup de mal pour la défendre par toutes sortes de manifestations ostentatoires ; pourquoi ?

Pur produit de la bohème californienne et l'un des meilleurs poètes d'aujourd'hui, Buke n'est ni ne cherche à être la vedette de la *party* que je donne ce soir dans ma villa des hauteurs de Los Angeles. Il reste vissé à son siège, devant le piano et, si on peut appeler ça une extravagance, en jouant : et encore pas de manière à se faire écouter par les autres. Les autres ? Gobelettant à l'envi et discutaillant de plus en plus fort à mesure qu'avance la nuit, se soucient peu de sa présence et de sa musique.

Il continuera de la sorte jusqu'aux aurores, comme le club des discoureurs à mener grand tapage à ses côtés.

Buke reprendra sa place devant le piano et se rincera le gosier *toujours à la même* boîte de bière – je peux le jurer – même après que nous aurons été à plusieurs d'entre nous compisser les arbres du jardin.

Encore en train de nous soulager sous l'œil des étoiles californiennes, il me glisse à l'oreille :

– Tes voisins le sauront, tu verras, et viendront te demander des explications demain.

– C'est déjà demain et je ne vois personne venir.

129

Buke a de petits crachotements du nez, il rit, lui, et moi, je m'étonne :

– Comment peuvent-ils s'en apercevoir ? Il est quelque chose comme trois heures ! Et le jardin est si grand !

– L'œil américain ! chuchote-t-il dans le noir en approchant sa tête de la mienne. Tu n'as pas remarqué la paire de jumelles posée à portée de la main dans chaque foyer, chez nous ? Ce n'est pas une simple garniture.

En effet, ce matin, un de mes voisins est venu me demander en confidence pourquoi diable j'ai eu l'idée d'arroser le jardin au plus fort de la nuit. Et il a, pensif et hochant la tête, ajouté avec conviction :

– Je me demande si vous n'avez pas raison, après tout. Je me demande si ce n'est pas le meilleur moment.

En forêt

De la fourgonnette qui nous a transportés jusque dans cette Angeles National Forest, nous ne retirons, mes deux compagnes et moi, guère que les quelques objets indispensables à un camping précaire, minimum. De toute façon, nous n'avons pas de tente, et c'est toujours ça de moins à installer au bout du voyage éprouvant qui nous a fait parcourir, durant une bonne partie de la journée, une région accidentée avec sa succession de terres pelées, désertiques, éberluantes d'incandescence. Nous ne sommes qu'en mars encore et la canicule chauffe le pays à blanc.

Les conditions de vie, se dit-on, ne peuvent être qu'ingrates dans un tel milieu. Pourtant dans l'une des vallées traversées, une ville est en train de naître, nous avons vu cela de nos yeux ; vu, tracées au cordeau, des rues qui se croisaient à angle droit et déjà ouvertes à la circulation ; vu au long, des maisons en construction – si pas tout à fait achevées. La plupart des futurs habitants semblaient d'ailleurs moins pressés de mettre la dernière main à leur foyer, que d'arroser le lopin attenant, lequel en avait bien besoin. Oui, d'abord faire reverdir cette terre sans histoire, et viendra peut-être le tour des fleurs, des arbres, ce qui devrait prendre racine et s'implanter là où en ce moment le regard se brûle à fixer l'obsession d'étendues crayeuses, d'étendues rongées par une combustion intérieure. Tel paraissait l'avis de ces gens et, quant aux intentions qui les ani-maient, on peut augurer de ce qu'elles seraient : enlever aux griffes du désert un empan de terre après l'autre. J'aimerais, aujourd'hui que des années ont passé, reparcourir ce pays et trouver, établie dans ses quartiers, la ville promise au monde et quelle sorte de nom lui a été donné.

L'après-midi tire sur sa fin ; de même la lumière de fournaise, dure, cuisante qui nous a poursuivis jusqu'ici. Un éclat d'or mussif, reposé, traverse à présent et, tout ensemble, enveloppe la forêt autour de nous. Des pins en majorité, des séquoias parfois. S'érigent aussi çà et là sans l'ombre d'une feuille, l'écorce arrachée, tronc et branches lisses, d'un brillant d'acier, des arbres, des apparences d'arbres, dont on ne saurait dire qu'ils aient appartenu à telle ou telle espèce, monstres figés comme par ruse dans des poses convulsives, vaguement impudiques. D'autres

léviathans de bois délavé pointent une tête entre
les cimes de loin en loin : des tours de guet,
expliquent mes deux amies, où des vigies veillent
jour et nuit sur la forêt. La hantise du feu. Une
menace qui pèse sur un permanent état de canicule. Ce n'est pas une vaine appréhension, plusieurs débuts d'incendie sont maîtrisés au quotidien. Dans Los Angeles même, sans relâche les
oreilles vous tintent du lancinant glapissement
des sirènes de pompiers.

Assis à terre, le dos contre un arbre, moins à
me reposer d'une installation sommaire ayant
exigé si peu de sueur, je cherche plutôt à
comprendre le monde qui m'est offert avec tant
de largesse, et sans que j'aie eu à lever le petit
doigt. Je l'interroge et, lui, m'oppose l'énigme de
son évidence. Une forêt de pins, rien ne m'est
plus familier : identique à bien des égards, il s'en
dresse une aux portes de ma ville. Pourtant je ne
me reconnais ni ne me retrouve en celle-ci. Est-
ce une question d'échelle ? Ce pays d'Amérique
vous submerge de toutes parts, plus vaste que le
ciel qui l'abrite. La forêt environnante produit
sur moi le même effet, on la sent démesurée.
Mon ciel, aux parages de la Méditerranée, lui,
déborde les terres, lui, de loin, excède les distances, fort d'un bleu invincible. Ici, le Pacifique
fait au ciel un œil nordique.

Et c'est alors seulement, en pleine confusion de

pensée, tandis que mes deux amies à l'orée de la perception, actives, se muent en présences évanescentes, que je remarque cette chose, repère, plantée non loin de notre bivouac, cette tente dont la toile blanche, soudain touchée par l'éclat du soleil déclinant et devenue translucide, fait écran à des ombres chinoises. Sur l'instant, des notes égrenées par une guitare s'en répandent aussi, bouleversant l'air serein. Comme en attente depuis une éternité, du coup m'envahit un immense apaisement. Je ne me savais pas si tendu.

J'écoute, acceptant ce bonheur reçu, en plus, sans contrepartie.

Cependant aiguillonné par la curiosité, me voici debout et marchant vers la guitoune, où je découvre après l'avoir contournée – quoi ? Le spectacle d'une première et minuscule blondinette, assise en tailleur, et dont la tête, d'une indicible finesse, surmonte tout juste une grosse guitare. Elle ne cesse de jouer et ne cesse de me regarder approcher. Guère troublée. Devant elle, arrêt sur image, *dans une robe blanche, légère, longue, une deuxième gamine on ne peut plus blonde aussi avec ses tresses décolorées, jumelle un rien plus jeune et donc on ne peut plus ressemblante, stupéfaction, danse.* Elle danse, virevolte, plane puis, sur ses pieds nus et ses mains gantées, exécute à l'improviste une roue qui déploie sa robe en corolle autour d'elle. L'ivresse, l'enchantement prenants et qui durent.

De ses yeux confiants de jeune Américaine, tout en jouant, la musicienne continue à me regarder, des yeux dont maintenant un demi-sourire émeut l'eau bleutée.

M'observant toujours, souriant toujours sans en avoir l'air, elle s'interrompt bientôt, ce qui fait s'arrêter la danseuse, en suspens, sur la pointe d'un pied.

Les choses vont en rester là. L'aînée, si tant est qu'elle le soit, couche sa guitare à plat sur ses genoux ; le sourire se communique alors à ses lèvres.

– Et *mam and dad* ? dis-je. Où sont-ils ?

– Moi, c'est Janet. Et elle, c'est ma sœur Dew.

– Hello Janet, hello Dew !

Cette fois, Janet part d'un rire franc et tend le bras pour montrer une direction, pour moi, des plus vagues.

– Oh, eux, ils sont loin ! Ils nous ont amenées et ils sont repartis ; ça fait deux jours. Ils reviendront nous chercher à la fin de la semaine. Vous êtes un étranger ?

– Dans cinq jours et vous n'avez pas peur de rester seules ?

Adorables mines qui se transforment, sur fond de gaieté, en masques sidérés. Dew n'a pas l'air de comprendre plus que Janet, laquelle, avec une moue, fait un mouvement de dénégation de la tête :

– Peur ? Oh non !

– Excusez-moi, dis-je.

Janet me considère à présent, j'en suis sûr, en se demandant d'où je sors, pour poser une pareille question. Moi :

– Je viens d'Algérie. Pour enseigner à U.C.L.A.

– Algérie ! Quel joli nom pour un pays ! s'exclament-elles d'une même voix.

– Si vous avez besoin de quelque chose, nous sommes là, pas loin.

– Yah, on vous a vus arriver ! Et si, vous aussi...

Je retourne à notre campement. Elles se sont mises à rire aux éclats une fois qu'elles m'ont entendu leur lancer mon : « *So long !* »

Une heure après, et jusque tard dans la nuit, à nouveau de la tente éclairée s'échappent des notes de guitare en soutien aux accents nostalgiques d'un folksong modulé par deux gorges, l'une plus grave, l'autre plus pointue, qui se donnent la réplique. Tout ouïe, j'écoute, allongé sur un lit d'aiguilles de pin dans mon sac de couchage dont j'ai dû rabattre le haut sur mon crâne, si dur le froid s'est mis à pincer ; mes compagnes dorment, elles, à l'intérieur de la fourgonnette dont elles ont tiré la portière, se privant à l'évidence de quelque chose.

Margaret

Paul m'invite à dîner, ce soir. Lui-même est venu dans sa Toyota me prendre à West Avenue vers cinq heures de l'après-midi. Los Angeles n'est pas la ville de la proximité ; si le supermarché voisin ne se trouve qu'à vingt kilomètres de chez vous, le bureau de poste de votre quartier à dix, la laverie de même, vous pouvez vous estimer heureux. Vous parcourrez quatre-vingts, voire quatre-vingt-dix kilomètres (Sunset Boulevard) et vous serez toujours à Los Angeles. Pour se rendre chez Paul, il faut bien trente minutes.

Vingt-huit ans à peu de chose près, Paul est un grand gaillard démonstratif, gesticulateur, pas plus large d'épaules que de hanches, comme le sont souvent les Américains. Le front haut, conséquence en partie d'une calvitie naissante ; là-dessous, longs méplats, œil marron, vif en diable, à en loucher, une fausse impression, bien sûr. Cette tête après tout ne manque pas de charme. Son trait de caractère dominant : la gentillesse, l'empressement à rendre service, parfois dans la confusion. Et ce qui témoignerait peut-être le plus aussi de l'origine italienne de ses aïeux – la parole, chez lui, abondante, pressante. Maison individuelle, jardin, voiture, épouse et un enfant, Tristan, Paul vit de *welfare*, sans travailler, trouve cela bien et il a raison, il est poète, inventeur de formes nouvelles au surplus.

L'idée lui vient en route de me montrer l'habitation d'Anaïs Nin, et il change de direction, ne tarde pas à déboucher sur une sorte de place, plutôt de rond-point, où quelques palmiers détachent leurs aigrettes très haut dans le ciel citrin du crépuscule. C'est d'un étrange effet, cela crée en vous une inexprimable sensation de dépaysement. Vous vous demandez dans quel Cambodge lointain vous êtes transporté à votre corps défendant. Ce que Paul me signale sans s'arrêter de rouler, cela dit, ne ressemble pas à un temple bouddhique. La demeure d'Anaïs Nin serait plutôt un genre de belvédère monté, en bordure de la place, comme sur des échasses.

À peine sommes-nous arrivés, Margaret, la femme de Paul sert le dîner. Rôti de bœuf, et quel rôti ! Légumes cuits à l'étouffée et revenus dans du jus de viande ; salades. Mais, Dieu merci, pas de ces assiettées de gelée baveuse, sucrée, aux couleurs phosphorescentes dont vous vous devez d'accompagner votre nourriture chez les Américains d'appellation contrôlée, les vrais de vrai. L'habitude est aussi de boire du café ou du lait en mangeant, sinon c'est chose rare quand il y a du vin : vous trouverez à ce moment votre verre rempli, déjà en vous mettant à table, la bouteille restant reléguée à la cuisine. Ce n'est pas le cas chez Paul, le vin présidera sous nos yeux au repas. Il n'y aura point de fromage en revanche, point de dessert. Vous respectez certains usages, les Américains en respectent d'autres.

Mais une fois que tout a été servi, la femme de Paul s'éclipse. Elle nous a laissés pour aller voir, dans une autre pièce, une émission de télé qu'elle ne voulait pas manquer. Margaret ? Une gracieuse jeune femme. Une Ophélie plus claire, de cheveux qu'elle porte longs, de teint, d'expression, que blonde – et pas grande, à côté de Paul surtout. Calme, sensible, communicative, certes ; de nature aussi à préserver son jardin secret des empiètements importuns, à garder une part de soi pour soi. Une grossesse avancée la rend plus séduisante encore.

Nous avons déjà presque fini de dîner quand elle réapparaît. Elle s'assoit à table avec nous, picore, secrète, concentrée, un peu d'un plat, d'un autre. Là-dessus entre une femme du même âge qu'elle, précédée, on ne saurait dire de tam-

139

bours et de trompettes, mais presque, et vous convenez qu'à tout prendre la plupart des maisons américaines sont plus des lieux de passage, y compris pour leurs habitants, que des foyers d'intimité. Aussitôt Margaret se lève et, cette fois, nous abandonne pour quitter la maison avec la nouvelle venue.

Elle est partie, mais il fait nuit, nippée comme elle était : blue-jean au bord du désastre, tee-shirt guère en meilleur état, espadrilles trouées aux pieds. Le contraire de Paul, lui, toujours smart. L'explication de ce départ ? Margaret tout enceinte qu'elle soit, son amie, et plusieurs autres femmes encore, vont se retrouver sur les montagnes environnantes pour se livrer à une méditation nocturne.

– Pourquoi pas ? ajoute Paul. Si elles en ont envie et dès l'instant qu'on ne saurait empêcher cela ?

Lui n'en paraissant pas le moins du monde contrarié, je garde ma surprise et mon émerveillement pour moi.

Margaret a juste tourné le dos qu'une escouade de leurs connaissances rapplique, la villa déborde alors de raffut, d'allées et venues, et c'est à qui prépare le café, à qui débarrasse la table, mais c'est aux hommes de faire la vaisselle, à qui enfin débouche les bouteilles. Paul nous lit les derniers poèmes qu'il a écrits ; nous en discutons tous ensemble en tâchant les uns de dominer la voix des autres, chacun ayant une opinion à exprimer sur la chose. De toutes ces personnes, aucune ne semble s'être aperçue de l'absence de la maîtresse de maison.

La soirée se poursuit, bruyante, fort tard dans la nuit. Au moment de me ramener chez moi, Paul m'apprend que Margaret et ses compagnes ne seront de retour qu'au petit jour. Il n'en paraît pas plus étonné qu'il ne s'est montré contrarié tout à l'heure. Nous laissons Tristan couché par terre, en chien de fusil, sur une espèce de plaid.

Charles Bukowski m'a téléphoné assez tôt, ce matin ; ce coup de fil de si bonne heure, ça m'a quelque peu abasourdi. Il était curieux de savoir comment avaient réagi mes voisins de West Avenue au lendemain de notre party. Je le sentais inquiet, en fait.

— Ils ont cru que je m'étais levé pour arroser le jardin de nuit, ai-je répondu. Et ils ont trouvé ça bien.

Crachotements dans l'appareil, le rire de Buke.

— Nous allons te proclamer citoyen d'honneur de l'État de Californie.

– Oui, ai-je répondu, parce qu'il m'est revenu que tu seras le nouveau gouverneur de l'État.

Je le congratule. De nouveau, toux, crachotements et rires confondus dans l'appareil. Ce cher Buke.

Le rendez-vous franciscain

Comme il se lève dans le désert : immensément bleu et rose, le jour se lève sur la ville de Los Angeles. Los Angeles que nous sommes en train de quitter pour nous rendre à San Francisco. Le soleil reluit, astiqué à neuf ; pénétrante, la fraîcheur pique.

Pas question de traîner, il y a du chemin à faire. Négligeant la *highway,* la n° 5, nous sommes déjà engagés sur l'ancienne route des diligences, la n° 1. Pourquoi l'avoir préférée ? Elle longe la côte tout du long.

La vitesse étant limitée à quatre-vingt-quatre kilomètres-heure, il va nous falloir faire preuve de patience pour couvrir les quelque sept cent cinquante kilomètres qui nous séparent de notre destination. Le conducteur compris, nous sommes trois dans la voiture qui, à l'allure où elle avance, tient du salon sur roues.

Jusqu'à présent, je n'ai vu aucun autre véhicule

nous doubler. Étant donné la vitesse autorisée, il n'y a pas de risque que cela se produise. Et de toute façon, il ne doit pas s'en trouver beaucoup à rouler sur cette route ; peut-être même n'en y a-t-il pas un, le nôtre excepté. Ils affrontent donc, les doux dingues de notre espèce, enchantés de venir par là et fiers d'eux, des virages à donner le tournis et autres agréments semblables, sans faire plus que du quarante à l'heure.

J'ignore ce que le conducteur et l'autre passager trafiquent dans la vie. En revanche, je sais que ce sont des poètes parmi les poètes de cette côte Ouest si riche en poètes, et qu'ils se rendent à une rencontre ou à une fête de poètes. Ils m'y emmènent, mais moi surtout pour me permettre de découvrir San Francisco.

Et n'est-ce pas déjà une inspiration de poète que d'avoir choisi cette route percluse de tournants, descentes abruptes, suivies sans désemparer de montées aussi raides. Un chemin de randonnée, ou presque. Certes, avec vue sur l'océan, et cela en vaut la peine. On n'en croit pas ses yeux.

Le Pacifique dort pour l'instant, bercé par sa large respiration. Il est, lui, la source de lumière qui transfigure ce côté-ci de l'Amérique. Par brefs intervalles, des encaissements de terrain, ou alors des promontoires, des pitons d'une roche rouge hérissés de buissons secs, épineux, le dérobent à nos yeux. Quand ce n'est pas le brouillard. Souvent rencogné tel un brigand dans un plissement de la côte, ce brouillard vous étouffe par surprise comme sous des balles de coton. Et comme en ce moment, on n'y voit goutte à un mètre de soi. Jamais pour longtemps, par chance.

Les heures passent, lentes, trop lentes. Qu'importe ; pas pour moi. Et ainsi n'arrivons-nous à proximité de Big Sur qu'en cours d'après-midi.

Mes amis qui prennent, eux, les initiatives jugées opportunes, décident que nous grimperons, contre le mauvais vouloir affiché de notre voiture, jusqu'au plateau : là où se trouve édifié ce qui a été la résidence d'Orson Welles et Rita Hayworth. Et nous sommes payés de notre peine : tout en haut, nous découvrons, arrêt sur image, *le temple dédié au commerce de la pacotille et du colifichet, ce musée des horreurs en quoi la demeure patricienne a été reconvertie.* Nous y pénétrons cependant pour avoir un aperçu des aîtres naguère habités par les deux « monstres sacrés », qui ne le furent que par l'amour monstre qu'ils s'étaient voué et l'étendue monstre du génie d'artistes dont ils avaient fait preuve aux yeux du monde. En proie à une déception qui nous rend muets, nous battons vite en retraite.

Le soleil commence à descendre au-dessus du Pacifique alors que nous entrons dans les faubourgs de San Francisco, l'appétit férocement

145

aiguisé. Notre projet, adopté à l'unanimité des voix : nous arrêter pour manger un morceau dans le premier fast-food qui se présentera. De toute une journée passée à rouler, nous n'avons pu nous mettre qu'un sandwich sous la dent. Le choix de mes amis, qui connaissent leur pays, se porte sur un bowling signalé à un carrefour par une sulfureuse enseigne au néon. Oui, un bowling. Un vaste local pour meetings électoraux, lorsque nous y pénétrons, mais celui-ci équipé d'une dizaine de pistes sur certaines desquelles des individus tentent, à une extrémité, de faire tomber des quilles blanches à l'autre extrémité au moyen de grosses boules noires. Ne recevant de lumière que de plafonniers blafards, l'endroit, comme on peut l'imaginer, est assez sombre. Je reste rêveur.

Ce, jusqu'au moment où j'avise, superposés en arrière des tapis que les joueurs éreintent de leurs boules, formant un demi-cercle, deux balcons distribués en stalles où, nous ayant devancés, des bougres s'empiffrent. Par le Diable, qu'à cela ne tienne ! Il y a encore un box vide, qui attend ses clients. Courons-y.

D'une simplicité américaine, servi dans le même plat et le même pour tout le monde, arrive aussitôt un menu que nous n'avons pas eu à commander, mais solide : hamburger, pommes frites, salade, assortis d'une chope de bière pansue. Du béton.

146

Nous y faisons honneur, enchantés, ne soufflant mot et d'ailleurs comment s'entendre au milieu d'un tel charivari, allées et venues de gens qui sortent, et plus encore qui entrent, par vagues successives, pressées, et l'affluence ne fait que grossir de minute en minute et, d'autant, grossit le bruit, une rumeur brassant appels, annonces lancées par haut-parleur, conversations, rires, claquements de quilles. Le tout sur fond de pilonnage de pieds sur du plancher : un vrai pandémonium comme il peut gronder !

Ou bien, les yeux embrumés, la tête vide, mais l'estomac calé, je me trompe, ou bien j'apprécie cette ambiance à la Nelson Algren. J'irais jusqu'à croire que je ne suis pas le seul à me trouver dans ces dispositions, que tous les trois nous nous en pénétrons et en jouissons.

Puis, avant de m'en rendre compte, me voici debout et me dirigeant vers un quillier – si on l'appelle ainsi. J'en libère les boules et, avec toute la contention, toute la gravité dont je suis capable, je me mets à tirer. Rien à faire, je manque d'entraînement et mon lancer de précision. Je m'entête, m'y reprends ; mes résultats ne répondent toujours pas, de loin, à mes espoirs. J'ai trop présumé de mes forces. Dans le meilleur des cas, une idiote de quille reste droite, fichée à sa place.

Me revient alors en mémoire ce que Norma, la

descendante d'Indiens, m'a raconté un jour où
elle m'a invité à déjeuner chez ses parents. Ceux-
ci vivent aujourd'hui leur retraite d'ouvriers américains, à quelque distance de Los Angeles, sur la
plantation d'orangers même qui les employait. Le
premier travail que, jeune homme, son père
d'origine suédoise avait réussi à trouver en débarquant, fut celui de releveur de quilles à un demi-
dollar par jour, dans un bowling. C'était avant,
quand la commande mécanique pour le faire
n'existait pas encore. Maintenant, âgés, et
l'époque des *Raisins de la colère* derrière eux, révo-
lue, Daddy et Mom savourent le confort d'un cha-
let coquettement aménagé ; là où ils ont eu plaisir, ils ne s'en cachaient pas, à régaler d'un repas
américain typique l'hôte venu de loin (moi). Elle
avait, Norma, souri à la fin de son histoire et j'ai
cru voir sourire un totem amérindien.

Nous entrons dans San Francisco, où apparemment pas une rue ne se veut couchée à l'horizontale et d'accès facile. Celle que nous suivons
monte, échelle de Jacob, à toucher le ciel, puis
replonge comme pour atteindre les entrailles de
la terre. Un grand café qu'on situerait plutôt à
Venise ou à Florence avec ses vitraux poly-
chromes, son mobilier chantourné à l'ancienne,
nous accueille en fin de parcours. À l'écart de la

clientèle, elle-même nombreuse, un groupe dis-
tinct y siège déjà : les poétesses et les poètes
accourus en foule de toute la Californie.

Échanges de saluts, présentations à la canto-
nade, signes d'intelligence par-dessus les crânes.
Rien de guindé, atmosphère bon enfant. Il se
confirme, par le Poveretto, que San Francisco est
une cité italienne !

Ainsi, de bout en bout, dans un tumulte de
commedia dell' arte, flottera un air de récréation
sur le concile des poètes. Les débats n'empêche-
ront ni que des îlots d'entretiens se forment en
marge, en petit comité, ni que les conversations
commencées en tête à tête se poursuivent.

À l'heure où je m'en aperçois, la nuit a déjà
pris plusieurs heures d'avance et mes yeux,
comme je le constate, ne distinguent qu'un voile
d'images floues, lequel voile évente un doux
vacarme de paroles. Moi-même, on dirait que je
vogue dessus.

Et je n'aurai pas le moins du monde conscience
que nous avions levé l'ancre jusqu'au moment où,
dans un bref éclair de lucidité, je me retrouve
avec mes deux compagnons, non dans un hôtel,
mais dans une maison particulière et en présence
de dormeurs inconnus. Arrêt sur image : *occupant*
des lits, et davantage le carreau, ils sont hommes et
femmes à joncher de leurs corps toutes les pièces. Et personne là-dedans que la lumière crue, déclenchée

par nous, ait réveillé ; ou que notre intrusion ait indisposé quiconque.

J'écarquille un œil, puis l'autre, ce n'est jamais le bon. De place libre, il n'y en a censément nulle part. À l'endroit où, avec la crainte de marcher sur quelqu'un, je tente de me frayer un chemin, je tombe. Je n'ai pas rejoint terre, ni ressenti de choc, que je ne suis déjà plus qu'un corps parmi des corps plongés dans un sommeil d'après la bataille.

Que toutes les lampes brûlent tant et plus, et tant et plus s'amènent de nouveaux quidams ! Rien ne me dérangera.

Sans montre sur moi, j'ignore l'heure qu'il est, mais je sens qu'il fait jour. Ma première pensée : « Que deviennent mes compagnons d'équipée ? » Alors, comme tel survivant à un massacre, je vais à leur recherche dans la foule des poètes que le sommeil a décimés. Eux aussi, mes deux acolytes, s'inquiétant de mon sort, erraient parmi les gisants lorsque nous faisons notre jonction. Nous abandonnons l'antre de Morphée, ivres du népenthès absorbé à notre insu durant la nuit...

Un de ces matins glorieux dont la Californie a le secret nous reçoit dehors. Je découvre à cet instant l'aspect de notre asile de nuit. Qu'est-ce à dire : un hôtel particulier, une maison de maître ?

Racée, une demeure incluse dans une suite d'autres et chacune portant beau avec ses encorbellements en tourelles. La nôtre est peinte en vert pistache, ses voisines en jaune paille, en rose primerose, toutes, une couleur à soi, d'une suavité de pastel. Nous sommes projetés, cette fois, au cœur d'une Angleterre victorienne. Ma sidération étonne mes amis. N'est-elle pas compréhensible pourtant ?

Continuant d'en rencontrer d'identiques sur notre chemin, j'apprendrai de leur bouche que ce ne sont là que constructions en bois. J'en reste bouche bée de nouveau ; ce n'est pas flagrant. Avec élégance et dignité, elles se soutiennent l'une l'autre au long de la plus forte déclivité dont jamais rue ait eu lieu de se targuer, d'après moi, une pente si prompte à vous entraîner que, humains sur deux jambes, nous avons peine à lui résister.

Nous aboutissons dans les parages du Fisherman's Wharf et, en quête d'un petit déjeuner, nous entrons dans une sorte de loft tout en profondeur. Un café. Moins sélect que celui d'hier soir et même passablement débraillé, mais d'apparence plus sympathique. Si vastes qu'ils en ont l'air, les murs y sont tapissés de photos, jusqu'au plafond. Des têtes et des têtes, grand format, juxtaposées, certaines reconnaissables encore que, n'appartenant à aucune vedette de cinéma, ou de base-ball, ou de rugby, comme on pourrait s'y attendre, il ne s'agisse que de portraits d'écrivains. Un café littéraire, un de plus ? Incroyable ! Mangeant et buvant, nous nous amusons à identifier les célébrités qui veillent sur notre petit déjeuner.

Sans attendre d'être loin de San Francisco, je me surprends à en rêver. Je rêve que, descendu de quelque part du côté de Nob Hill avec mes deux compères, nous sommes venus ici, dans ce même café ; que j'ai noté en cours de route la vie, comme l'esprit, dont déborde cette ville ; et de combien de facettes elle irradie. Un rêve que ses habitants, les premiers, pensent habiter, pour sûr, dont ils pensent respirer l'air, serait-il par moments irrespirable, cet air – mais quoi ! Plus forte est la griserie, la folie qui les soulève au-dessus d'eux-mêmes à le respirer, avec ce rien d'attique transplanté sur quelques arpents du sol américain.

Pas moyen de mettre un nom sur toutes les photos du café. Nous y renonçons, déclarant forfait, et sortons, allons baguenauder dans cette griserie, ce rien d'attique. Le printemps n'en est qu'à ses débuts ; il fait pourtant une chaleur accablante, j'étouffe à présent dans les habits d'hiver dont j'ai cru bon de me couvrir en quittant Los

Angeles, hier matin. Apitoyés, mes amis s'offrent à m'emmener là où il me serait possible d'acheter quelque chose de plus léger à porter. Guère éloigné, presque sur les quais, ils me montrent l'endroit, une énorme carcasse de briques violâtres dont l'érection aurait été abandonnée avant terme. Moi : « Que vais-je trouver dans cette ruine ? » Je les suis néanmoins. Après avoir traversé une porte charretière, nous débouchons sur une cour à ciel ouvert et, là, sur des étages, se propose à la vue du badaud la plus belle concentration d'échoppes de luxe ! *The Cannery,* c'est donc ça, la vieille usine de conserves de poisson désaffectée, aujourd'hui une ruche où, comme fourrés dans autant de cellules, se serrent au coude à coude, à même la rudesse de la brique nue, brute, des commerces très *fashion.*

Moment crucial. Il me faut savoir ce que je veux : ou franchir le seuil de l'une de ces niches, ou périr étouffé. Je décide d'y aller, je fais l'acquisition d'un tee-shirt à rayures ; c'est du coton. M'étant changé dans la boutique même, je le porte sur la peau. Libéré de mes lourdes frusques, je souffle.

Nous flânerons le long du Fisherman's Wharf, le port le plus proche, et du diable si nous sommes les seuls ! L'agitation d'une armada de bateaux mise à part, se pressent ici comme pour obéir à un mystérieux appel tous ceux, jeunes et moins jeunes, dont le temps n'est pas l'affaire la plus urgente. Sous des accoutrements souvent impossibles, le nez en l'air, ils traînent, ils glandent. Dans cette foire, jalonnant les quais, des groupes font de la musique mais ne jouent, de tout, du rabâché au *new wave*, que pour leur plaisir, semble-t-il. Pas même une jatte devant eux pour récolter de la monnaie. C'est gentil, c'est désintéressé. Des artistes. Sur des pontons, au-dessus de l'eau, des guinguettes se succèdent où vous ne trouveriez pas une place libre.

Une heure de l'après-midi ; nous nous arrêtons à un débit de *fish and chips* d'où nous nous éloignons, pour reprendre notre balade, en puisant à pleins doigts frites et poisson dans nos barquettes en plastique.

Cliché. Sauter sur la plate-forme de l'unique wagon du tramway-funiculaire qui remonte la rue comme s'il s'attaquait à la paroi d'une montagne ; puis, après s'être fait véhiculer durant quelques minutes, en ressauter et aller rejoindre vos compagnons.

Cliché. Le Golden Gate Bridge : là où il prend pied, là où vous vous tenez. Tout rouge. Tout rouge, il se perd dans la brume qui s'est formée au-dessus du Pacifique. Vous le foulez. Une vingtaine de pas ou un peu plus parce que vous pensez que vous aimeriez le raconter à vos petits-enfants sur vos vieux jours, leur dire que vous avez

154

marché sur le Golden Gate. Appuyé contre la rambarde après cette vingtaine de pas, vous portez votre regard autour de vous. Soudain une nostalgie inexprimable vous étreint. Nostalgie de quoi ? De tout ce qui aurait pu être ? De tout ce qui n'a pas été ? De rien ?

Je me doute qu'il y a plus de choses, et de plus importantes, à découvrir dans cette ville. Qu'il y a plus à explorer : les replis secrets, les misères, les plaies honteuses, comme il s'en trouve partout. Justement je ne suis pas ici pour cela. Je ne suis que de passage. Je suis venu, à présent je le sais, pour emporter de quoi nourrir un rêve.

Cliché. De l'air de donner de la bande, cette grande place toute de guingois et, au centre, la fille, une belle plante, jouant une suite de Bach sur son violoncelle. Sans autre intention visiblement que de procurer du bonheur aux pigeons et aux messieurs-dames qui déambulent à l'entour, ou traversent. De faire peut-être aussi de San Francisco la cité qu'elle est. Pourquoi pas, lorsque pendant ce temps l'humanité court vers plus d'inhumanité ?

Nos jambes de moins en moins disposées à nous porter vu le poids de chaleur que nous promenons sur les épaules, nous échouons dans un troquet, mes amis et moi. Pour le bonheur de ceux qui, exténués, viennent de s'affaler sur des chaises, il n'y a pas à dire : on n'a pas lésiné sur le ménage là où ils se retrouvent. Une salle pimpante de propreté, aux dimensions raisonnables, aux murs couverts de brillantes céramiques, et qui ressemble, lumineuse comme elle est, à un réfectoire. Il y règne même une ambiance familiale. Ils sont donc, à trois, attablés devant des demis depuis déjà quelques minutes quand arrive un personnage, la cinquantaine sonnée, ni grand ni petit, entre les deux, mais mince et en blazer marine croisé, pantalon de flanelle, blanc, au pli strict, miniguêtres, blanches aussi, couvrant l'empeigne de ses chaussures bottier. Cette élégance ! Toute une élégance partie avec son temps, défunte ; il manque cependant au monsieur, et c'est bien dommage, une canne à la main. N'empêche : quelle allure, complétée, couronnée par un panama sous lequel dépassent des frisons de cheveux gris coiffés à la perfection. Ce dont nous nous apercevons aussitôt, car il se découvre alors d'un geste large, noble, pour saluer tous les clients dans un italien harmonieux qui doit ses intonations moins au cercle d'un Vivaldi mignard qu'à celui du mâle Monteverdi, ou mieux, d'un Gesualdo.

La salle répond à ses compliments d'une seule

voix. Un habitué, selon toute apparence. C'est San Francisco. Une ville qui ne cesse de vous surprendre, ce que Los Angeles est loin de pouvoir faire. Los Angeles, en comparaison, c'est toujours la *Frontière.*

Pour y retourner, nous prendrons l'autoroute qui passe, elle, plus à l'intérieur des terres. Tout au long de ces presque huit cents kilomètres, il fera une canicule d'enfer : quarante degrés. Un 29 mars ! Impossible dans ces conditions de ne pas s'arrêter, sans en rater un seul, devant ces appareils qui, de loin en loin au milieu du désert, débitent des pains de glace – une fois votre pièce de monnaie glissée dans la fente idoine.

À une station d'essence, un loulou descend de voiture avec ses maîtres. Le malheureux ! Incapable de toucher terre de ses pattes, il reste à trépigner, sans avancer. Même manège, quand néanmoins il arrive sur le gazon de matière plastique posé autour des pompes. Les Californiens et leurs chiens vivent dans un désert mais ne sont pas issus du désert. Tous viennent et continuent de venir d'autre part. Le désert, ils ne s'en accommodent pas, ils le nient. Verdure, civilisation, ils l'habillent d'oripeaux. Et lui, comme il est déguisé, il est là et les ignore. Ils ne tiennent de lui ni leur âme ni leur sensibilité ; aussi auront-ils raison de lui. Peut-être. Mais j'en doute.

Les Californiens, comme tous les Américains au fond d'eux, ne cessent d'être des gens de nulle part dans leur propre pays. Le demeureront-ils éternellement ? Tous œuvrent d'arrache-pied pour qu'un jour proche il n'en soit plus ainsi. Ils perdront alors une liberté de mouvements peu courante sous d'autres cieux.

Pampa

Six sommes-nous, ce matin, à marcher dans la pampa sous un ciel dont on sent que, pour ce paysage, il ne peut s'en trouver de plus évident, tendu haut d'un voile blanchâtre comme il est, uniforme. Six. Les cinq autres sont des Français de Californie. Ils m'ont invité à entreprendre cette randonnée avec eux. Le passe-temps favori des Américains. Longues balades, périples tournant souvent à l'expédition. À pied, à cheval. Pas en voiture, c'est impossible. Sorti des voies qui, dans chaque État, desservent les centres, il n'y a plus de routes.

Parties de pêche dans des lieux sauvages, pique-niques loin de toute trace de civilisation : l'appel est le même, jamais éteint, de nouveaux horizons dans le cœur d'un peuple qui avait erré, circulé d'une frontière à l'autre il n'y a pas longtemps de cela encore. Reste à expliquer comment vous qui, sans être né sur la terre d'Amérique pour revendiquer cette histoire, mais d'y avoir juste séjourné un peu, finissez aussi par entendre cet appel. L'esprit pionnier. Il est là qui plane dans l'air que vous respirez et, toujours, à un moment ou à un autre, il vous fait aller par ces étendues peuplées d'un même et seul vent, tels que pour le moment nous allons.

Un léger vent, comme il ne manque jamais d'en courir à travers les grands espaces. Mais le souffle est illimité, qui accompagne notre marche. Le souffle ? Une parole intarissable et, vous semble-t-il, elle plaide, murmurant, pour cette terre, à mesure que vous avancez ; mieux encore, vous semble-t-il : plus vous avancez et plus cela insiste. Et si, la persuasion agissant, ce n'était là, si ce que, réduit au silence comme toute la bande, vous écoutez là, n'était à la fin, sombre, inarticulée, que la parole pueblo ? Si tout ce qui fait la force d'un sol, contenu jusqu'ici, commençait à se réveiller, à se libérer ? Et que, appartenance ou pas, atavisme ou pas, héritage ou pas, vous ne puissiez vous empêcher d'en reconnaître la passion ?

Pas de sentes, ni de pistes, de routes encore moins, qu'elles soient tracées les unes, les autres simplement tolérées, dans ce no man's land. Comme au temps des Indiens. La confrontation doit être directe, n'avoir lieu qu'à visage découvert et mains nues.

160

C'est à n'en pas douter cela qui, dans le désert, attire les nouveaux Américains.

Nous avons abandonné nos voitures si loin derrière nous avant d'aborder cet infini herbeux que je n'imagine plus, pour ma part, avoir de ma vie connu l'existence de pareils engins. Nous entrons toujours un peu plus loin dans ce lointain qui ne cesse de reculer et à l'orée duquel une espèce d'aurore a l'air, au milieu du jour, de vouloir poindre.

À nos oreilles, l'éternelle mutité vibrante faite de vent et de vrai silence, résonne. La parole pueblo. La solitude est totale. Pas un arbre, ni de but déterminé à notre progression. Nous marchons pour marcher. Chacun de nous doit le savoir, et moi si mal équipé pour cela, au contraire des autres. Qu'importe !

De l'espace donc, et encore de l'espace. Votre portée de vue reste identique où que vous vous trouviez et néanmoins ici elle s'étend au-delà du visible et rien qui bouge. Rien ? Parfois un aigle – ou quel oiseau de haut vol ? – tourne dans le ciel, puis se fixe à la verticale. Et toujours la sourdine du vent. Et pas un homme, pas une bête si loin que s'étende le regard.

La parole renaît entre nous quand enfin arrive l'heure de casser une croûte. Nous nous arrêtons

161

et nous asseyons dans l'herbe. Brève d'ailleurs sera la halte, d'aucuns parmi nous ne songeant, semble-t-il, qu'à reprendre, poursuivre cette marche dont nous ignorons où elle nous mène. Nous voilà repartis alors et aussitôt, arrêt sur image : *aire mouvante, immense et pourtant délimitée, une nappe d'or émerge à la fois au ras de la pampa et comme hors du monde, produisant ô merveille sa propre lumière sous le ciel maintenant un peu plus couvert, plus sombre.* Le cœur qui battait déjà, inépuisable, dans le vent. Le cœur dont les palpitations nous ont assaillis dès que se sont ouvertes devant nous les portes de ces solitudes. Le but. Il nous attendait là. Le but que nous cherchions à notre insu, la source exposée mais insoupçonnable de l'idiome pueblo, cela qui frappe à notre oreille depuis que se sont éloignés, évanouis les bruits du monde.

Sans nous donner le mot, nous pressons le pas. Puis, n'y tenant plus, nous y courons, succombant à la magie, à perdre haleine, enfants invétérés que nous sommes et demeurons.

Arrivées les premières en bordure de cet or en fusion, vivant, étalé sur des hectares, une même impulsion fait nos deux compagnes tomber à genoux et des larmes jaillir de leurs yeux. L'une, des mains, se couvre pourtant la figure. Dans son désir d'enfermer en elle cette vision ? Et ainsi, elle se balance d'avant en arrière, comme elle est prosternée.

Les entourant, nous nous contentons, hommes, de regarder par-dessus leur tête, de ne regarder que ce vivier de reflets blond safran. Un champ de *poppies*. Une étendue de l'ampleur d'une lagune, et si loin, si à perte de vue qu'elle se déploie, ceinte par l'herbe de la prairie, encadrée par tout ce vert.

L'autre femme écarte les bras face au déversement des corolles jaunes, aux coupes vernies. Elle : on pourrait croire, dans l'intention d'étreindre le miracle. À l'évidence, par ce geste, elle n'exprime que son ravissement, elle n'est pas dupe. Et cependant elle recueille l'éclat lustral comme on le ferait d'une eau de Jouvence. Dans son exaltation, elle passe et repasse les paumes au-dessus des fleurs, à les frôler, sans les toucher pour autant puis, joignant les mains, porte à ses lèvres ce qu'elles sont censées contenir.

À cet instant, l'un des hommes se jette dans les *poppies* et s'y roule, s'y vautre : ce qui fait pousser des cris d'horreur aux autres.

Les premières minutes de saisissement passées, plus d'autre choix, il nous faut repartir. Nous allons, côtoyant la mer de pavots et ses avancées, sans que diminue la fascination. Nous ne cesserons, longtemps, de nous retourner, d'en contempler les moirures, abusés par la certitude d'une

révélation à nous seuls faite et le sentiment irré-
médiable d'une énigme.

Gigantesque, vieux comme le monde et pourtant intolérablement neuf, avec nous pour
uniques témoins, le paysage succède à lui-même,
rejetant ses limites. Ni troupeaux de bisons ni
hardes de mustangs en vue, un paysage rendu au
désert, qu'il a sans doute toujours été, mais sil-
lonné, parcouru à certaines heures du jour ou de
la nuit qui sait par quels spectres d'hommes et de
bêtes ?

Je songe : « Quelqu'un se perdrait-il dans ces
parages, qu'il passerait le restant de ses jours à
chercher comment rejoindre le monde habité. »
Mais nous avons notre guide avec nous. Il nous
devance de cinq ou six pas.

De loin, nous voyons maintenant le terrain se
hausser peu à peu, une montée insensible qui
finit par inscrire comme une ligne de crête sur le
ciel. Soudain, le long de cette ligne, lorsque nous
y parvenons après une marche soutenue, le sol
rouge cède et là même où nous nous tenons, sous
nos pieds, s'amorce une large saignée en forme
d'anse. Elle s'étire ensuite en un lit, un affouil-
lement atteignant à peine, en profondeur, la
taille d'un homme. Un cañon pour rire.

Au milieu de cette auge, ou quel que soit le

164

nom pouvant lui convenir : œil gris, tranquille, limpide, filtre une source dont l'eau rassemblée demeure sur place. Tapi dans la combe, en quantité, un bois de lilas nains l'encercle, se presse autour d'elle. Ces tom-pouce de lilas, sauvages selon toute apparence, des fleurs microscopiques les couvrent comme d'un brouillard azuré.

Cette implantation germinative dans un désert, et comme elle est terrée ! À distance, nul signe, nul indice ne la désigne à l'attention.

Des ravinements creusés aux flancs de la cuvette vont nous en faciliter l'accès. Et nous, de nous y précipiter l'un après l'autre. Mais, où sommes-nous du coup : dans le giron de la pampa, dans une citadelle, dans un camp retranché ? Isolés du monde et, je le sens bien, débordant chacun d'un confort moral indicible.

C'est alors que j'aperçois le beau cresson, en pleine floraison certes, qui pousse dans l'eau. Plus extraordinaire, un peu plus loin, je reconnais la menthe. De la menthe à thé ! Tout d'abord je ne crois pas que cela puisse en être, ayant toujours pensé que cette sorte de menthe ne saurait exister sinon que cultivée, point à l'état naturel. J'en arrache quelques feuilles, les froisse, les renifle : cette odeur capiteuse, c'en est, et de la vraie.

J'en cueille à ce moment un gros bouquet, certaines pousses avec leurs racines, des racines traçantes comme il se doit, pour être plantées dans

165

mon jardin de West Avenue. Mes voisines, deux amies, connaissent le thé vert à la menthe, elles en font. Mais en profanes, elles le préparent avec de la menthe de cuisine, les malheureuses.

Parmi le cresson et la menthe, croît aussi du céleri, lui, en pieds d'une stupéfiante hauteur. J'en mâche une branche. Il est comestible. Pour quoi, pour qui tout cela lève, fleurit, existe ?

D'un commun accord, nous jugeons qu'il serait bon à présent de mettre un terme à notre randonnée et de reprendre l'incertain chemin du retour. Que, s'apprêtant à tomber, la nuit n'en vienne pas à nous confondre avec les esprits qui veillent sur ces vastes solitudes, et qu'elle ne manquera pas de rameuter.

Terpsichore à L.A.

Assez tôt, ce matin, Paul est monté jusqu'à West Avenue. J'ai plaisir chaque fois à revoir l'homme pressé qu'il est. Un gars si actif bien que sans métier, sans occupation régulière. Il est venu me chercher parce qu'un récital de poésie doit avoir lieu durant toute cette journée. Il tient à m'y emmener. Pourquoi ne pas répondre à cette gentillesse par autant de gentillesse ? Je décide de l'accompagner.

Ai-je déjà dit que la concentration de poètes est, en Californie, à coup sûr la plus élevée du monde. Avec Paul, je suis bien placé pour le savoir, qui ne fait que cela : écrire des poèmes, se mettre au service des poètes, animer des ateliers de poésie, lancer des revues de poésie, éditer sa poésie et celle des autres...

C'est plus à un festival qu'à un récital que nous nous rendons. Je m'en convaincs à la vue de l'endroit choisi pour la circonstance : un musée

– comprenne qui peut pourquoi. Un bâtiment superbe d'ailleurs, un palais moderne et, je l'apprends de la bouche de Paul, propriété privée d'un riche industriel qui, pour accrocher les tableaux de sa collection, se devait de les loger dans un palace, rien de moins.

Rien de moins qu'un palace, mais surtout l'idée géniale qu'il a eue, ce nabab c'est d'y avoir fait aménager un amphithéâtre où des conférences, des spectacles, des concerts puissent être donnés. Je comprends alors pourquoi un musée ou, plutôt, ce musée-là pour un festival de poésie.

Nous pénétrons dans la salle toute tendue de velours rouge : les fauteuils sont déjà aux trois quarts occupés. Paul salue de côté et d'autre : *haï ! haï !* Il en connaît du monde ; lui-même, dans ce milieu, se révèle être une célébrité qui, empêtrée dans une modestie non feinte, n'en est que plus sympathique. Je m'en réjouis pour lui et pour moi qui l'accompagne.

Nous trouvons enfin deux places où nous caser au moment même où sur scène apparaît un bonhomme fort en chair et en barbe : « Allen Ginsberg », me souffle Paul à l'oreille. Sur le plateau, guère de siège, de table ou de pupitre. Allen Ginsberg n'en a pas besoin de toute façon, il s'assoit à même le plancher, en fakir, face au public et devant un suspensoir de petite dimension auquel semblent, à première

vue, accrochées des cassolettes. Des brûle-par-
fums ? Plutôt des cymbales, des gongs, des clo-
chettes miniatures que le poète va faire tinter
tout au long de sa récitation et, si l'effet désiré
de l'ensemble, voix et résonances d'instruments
conjuguées, est supposé vous plonger dans un
état méditatif, un bain de recueillement
extrême-oriental, c'est réussi : on en sort au
terme, une fois la déclamation achevée,
engourdi de corps et d'esprit. En paix avec soi-
même aussi et avec le monde ; on voudrait que
cela se prolonge encore, dure tout le temps.

Après cette prestation d'ouverture, les poètes
vont se succéder sur scène et, déjà sur les talons
du premier d'entre eux, se matérialise la vision
fantasmagorique d'une danseuse qui ne cache pas
grand-chose d'un long corps jeune, étiré, fuselé,
à la souplesse de vouivre, la pointe des seins juste
coiffée d'un minichapeau tonkinois, dont un
d'ailleurs tombera d'entrée de jeu, au débotté
d'une des figures qu'elle improvisera, sans
musique, sur les vers du psylle du moment. Mais
la charmeresse, c'est elle en fait dans sa nudité si
rayonnante qu'elle n'en paraît ni impudique ni
choquante. Elle continuera d'accompagner de ses
mouvements, toujours sans musique, avec une
grâce condescendante, la dizaine de chantres ins-
pirés qui défileront l'un après l'autre sur les
planches.

Lorsque les poètes, hommes et femmes, et quelques autres, et la danseuse, se retrouveront chez Paul, qui les a invités pour un pique-nique, il fait encore jour. Tous réunis dans son jardin, et l'espace n'y manque pas. Plutôt répandus dans ce qui a moins l'air d'un jardin que d'un terrain vague, abandonné, où les plantes sauvages se disputent les rares portions du sol à n'avoir pas été piétinées, tassées, battues.

Aucun des convives n'hésitant, ne pensant même qu'on puisse hésiter à prendre ses aises là-dessus, à la bonne franquette, nous confions tous nos fesses à cette bonne vieille terre. Pendant ce temps, Paul, en bon Samaritain, distribue des assiettes garnies, de-ci de-là. Tandis qu'il m'aborde, je lui demande ce qu'il en est de la danseuse ; je l'ai bien vue arriver avec nous mais, depuis, elle semble s'être volatilisée. Au creux de l'oreille, il me glisse alors qu'elle vient de se faire une piquouse et qu'elle n'est pas présentable.

L'air désolé que j'ai dû prendre lui inspirera cette réflexion gaillarde :

– *My gash, I'll rather crunch her !*

Et il montre, avec son contenu, l'assiette en carton qu'il tient à la main.

– *Instead of this.*

Me coulant ensuite un regard où luit une lueur malicieusement cynique, libidineuse, que je lui découvre pour la première fois, il s'en va porter leur manger à d'autres, non sans avoir repris, en français, avec un petit sourire :

– Pas toi ?

Dirt

Passant un jour dans une des rues de sa bonne
ville d'Oxford (Mississippi), William Faulkner
s'entendit interpeller par une charmante vieille
dame :

– Mr. Falkner ! Mr. Falkner !

Non pas *Faulkner,* elle n'ignorait pas, bien sûr,
que tel était son nom, celui de sa famille, une
des plus anciennes dynasties d'Oxford (Mississippi).

Il s'arrête.

Et elle :

– Mr. Falkner, j'ai appris que tout comme votre
père vous êtes aussi un écrivain. Je voudrais lire
une de vos œuvres. Quel genre de livres écrivez-
vous ?

La réponse fut brève :

– *Trash.*

Des ordures. Et il poursuivit son chemin, plan-
tant là, ébahie, la charmante vieille dame. Il est

vrai qu'il n'avait pas de manières, cet homme, qu'il n'avait pas bonne réputation auprès de la population d'Oxford (Mississippi) et le savait, et n'en avait cure.

Il aurait pu tout autant rétorquer : *dirt,* ce qui veut dire la même chose, *saleté, ignominie.* Un mot, *dirt,* qui va faire florès, pas tout de suite, plus tard, mais qui ne cessera d'échapper aux définitions par trop rigoureuses, définitives. Le mot, ainsi que la notion qu'il recèle.

Car il ne s'agit pas de n'importe quelle *saleté* ou *ignominie.* Pas de celles en tout cas qui ne laissent planer aucun doute sur leur nature, brutes, et dont nous avons suffisamment l'expérience. Il s'agit bien plutôt de la *saleté,* de l'*ignominie* qui investissent l'art et la littérature, s'incarnent dans un personnage, profanent une situation, un objet et qui, vous fascinant, font de ce personnage, de cette situation, de cet objet, quelque chose que *vous aimeriez haïr.*

Mais face à quoi, subjugué, vous restez entre aimer et haïr, restez tiraillé entre répulsion et attraction. Sous l'effet d'une séduction mysté-rieuse, vous restez là-devant dans l'incapacité de vous déprendre, l'attraction sera la plus forte.

Ce sont les écrivains sudistes comme Faulkner, Caldwell, Flannery O'Connor, Tennessee Wil-liams, eux, en particulier, qui ont haussé en littérature l'expression *dirty* au niveau du grand art. Le cinéma a emboîté le pas, reprenant le procédé, le popularisant sous différentes formes, différentes figures dont, entre autres, celle de Dirty Harry.

Ce qui frappe assez vite dans les personnages *dirty*, c'est que, pour forts à vous écraser de leur poids de *saleté* et d'*ignominie* qu'ils paraissent, ce ne sont que des héros en creux et c'est leur vide qui vous écrase. Des *pauvres types*, pour rappeler un titre de Caldwell, mâcheurs de *red clay* (argile rouge) et de n'importe quoi d'autre qui se puisse mâcher, ils hantent les villes aussi bien que les campagnes. Ils ne se définissent que par ce qu'ils ne sont pas et par ce qu'ils n'ont pas. Rustres sans culture et qui s'en passent, êtres tout instinct, sans passé ni avenir présumables, ahistoriques, ils ne sont surtout pas à comparer aux personnages les plus frustes, mettons, d'un Dostoïevski ou d'un Kafka.

Ils sont les produits de cet humour sardonique de la nature qui, à travers eux, nous lance son défi. Avec le même humour, cet humour spécial aux Américains et aux écrivains sudistes, entre autres, ceux-ci reprennent à leur compte ces objets de défi, ainsi d'ailleurs que leur défi. Comme un moyen de défense ? Contre quoi ? Contre l'inhumain qui, par un tour de passe-passe de la réalité, une volte-face dialectique, fait de *pauvres types* les spécimens humains les plus vrais de l'espèce. Et les écrivains en question ont soin de les représenter tels qu'ils sont : nus et misérables – et comme on se sent soi-même au fond. Nus et misérables comme ils devraient affronter leur Créateur au jour du Jugement si tant est qu'il y ait un Créateur pour lever son regard sur eux et dire : « Ce n'est pas vous que je hais, c'est votre merde. »

Aucune littérature au monde ne me semble être allée aussi loin dans sa rencontre avec l'homme primaire, avoir été aussi radicale dans cette démarche, avoir procédé à pareille remise à plat en la matière. Inutile de le nier, nous nous reconnaissons dans cette *saleté* et cette *ignominie,* elles font partie intégrante d'une économie intérieure qui nous est familière. Ne pouvant sans doute comprendre ces *pauvres types,* nous nous en sentons proches bon gré, mal gré. Et tout est là, se joue là. Que la saleté nous rapproche et la propreté nous éloigne les uns des autres.

Il y aurait plus à dire sur le sujet, plus à creuser, mais cela ne se justifierait que dans le cadre d'une étude exhaustive.

N. B. – Comme romanciers *dirty,* on peut citer encore des noms : Raymond Chandler, Horace

MacCoy, James M. Cain, Chester Himes, Jim Thompson, Charles Bukowski, James Crumley, Harry Crews... et j'en oublie certainement.

Et, exemplairement *dirty*, un film, *Barfly*, réalisé sur un scénario de Charles Bukowski par Barbet Schroeder (1987) avec Mickey Rourke et Faye Dunaway.

L'autre Californie

Nous venons de traverser sans encombres ni tracasseries le check point, le passage obligé ouvert dans le grillage de plusieurs centaines de kilomètres qui, électrifié, protège les États-Unis. Si c'est au Mexique que vous allez, les policiers U.S. s'en battent l'œil ; à peine vous regardent-ils. Pour les policiers mexicains, vous êtes des visiteurs venus du Paradis. Ils ne vous demandent vos papiers que pour la forme.

Dans sa visibilité inexorable autant que symbolique, ce barrage ne sépare pas que deux États, mais deux mondes. On s'en aperçoit, sans aller plus loin, à la vue des flics déjà qui montent la garde de part et d'autre. Côté U.S., bâtis en colosses, taillés dans la matière dont on fait les peaux de vache, congestionnés, transpirant, soufflant, ventrus, de grands blonds, et que certains d'entre eux soient des femmes n'y change rien. Côté mexicain, pas de femmes, seulement des hommes, petits mais seulement en comparaison avec les autres, de l'autre bord ; teint olivâtre, nonchalants et vifs à la fois, bavards et polis, eux n'en imposent pas, ne semblent pas sentir qu'il pleut du feu.

Et la question vient d'elle-même à l'esprit : des deux parties, laquelle est derrière le grillage, laquelle est surveillée ?

Nous roulons sur la même route, mais devenue mexicaine à présent et qui va en se déformant, s'excoriant ; nous avançons dans le même désert, dont cependant l'aspect a changé, dirait-on, s'est fait plus infiniment désertique, la poussière plus dévorante. Et c'est à la vue des premières et rares maisons tapies contre terre, à la vue de l'enseigne brossée à la main dans des verts, des bleus crus, plaquée au front de l'une d'elles, et alors que je leur prête attention, que je reconnais le sentiment, très fort, qui m'envahit : celui d'avoir bouclé une boucle et de me retrouver chez moi. Le sentiment aussi, non moins flagrant, que le bon Dieu, ne procédant plus par des voies mystérieuses comme à son habitude, a voulu donner ici l'exemple de ceux qui ont démérité de Lui, qu'Il expose côte à côte avec ceux qui ont mérité de Lui et qu'ainsi la leçon sera entendue sans ambiguïté.

Plus nous poussons de l'avant et plus les intentions du Seigneur se confirment. C'est la Californie toujours, mais dans sa portion *basse*. Me voyant revenu en pensée dans mon Algérie natale, comme de juste, cela ne me gêne pas personnellement. L'eau transpiratoire dont je suis trempé dans ce pays que le soleil désole, rissole, gratte jusqu'à l'os, je la ressens comme une ondée de fraîcheur. Et lorsque à la vue d'un hôtel, nous pilons, puis débarquons de notre véhicule pour nous en approcher, la poudre jaunâtre, onctueuse, dans laquelle s'enfoncent nos chevilles, elle aussi ne m'est que trop familière, de même qu'un bref regard en arrière me rappelle bien cette façon dont une route y étire la cicatrice noire de son asphalte, unique et la seule à rester nette.

Sans désemparer, la puissante canicule mexicaine pèse autant qu'elle flambe. Nous décidons de faire étape et, mieux encore, de passer la nuit ici. Parce que l'endroit nous plaît ? Certainement. Nulle autre bâtisse ne se profile à l'horizon aussi loin que ce désert s'étende. S'y arrêter en vaut certainement la peine, c'est à qui, d'entre nous, en persuade l'autre. Mais, sur le point d'entrer, nous nous retournons tout de même, considérons le pays et la solitude où il se consume : par-delà le linoléum huileux de la route recommence la poussière, que relaie la poussière, puis que borde du sable, puis le Pacifique. Tout ce qu'il y a à voir est là.

Une fois la porte franchie, l'absurde impression d'avoir violé la quiétude enchantée d'un palais andalou nous saisit. Oui, une alhambra ombreuse et tant de vide, de profondeur qui retentissent d'évasifs échos et qu'on sent abandonnés. Nous égarés dans ce clair-obscur auquel, non sans peine, nos regards tentent de s'habituer, nous cherchons si quelqu'un monte la garde, reçoit.

Pas âme qui vive, pour l'instant. Et les lieux m'apparaissent pour ce qu'ils sont avec leurs azulejos déchaussés qui branlent sous nos semelles, leurs céramiques où nombre de manquantes ouvrent des blessures de plâtre dans les murs, leurs boiseries fatiguées, et ces quelques tables, quelques fauteuils au siège de cuir d'un autre âge comme oubliés çà et là : splendide et fière dans sa dégradation, son délaissement, la résidence elle-même oubliée par l'Histoire, qui a survécu à ses hôtes, des princes maures – et à leurs héritiers s'il y en eut jamais.

Je pense : comme je connais tout cela.

Enfin surgissant de la pénombre régnante, s'avance un petit homme aux cheveux brillantinés et portant sandales aux pieds qui, à nous voir, ouvre des yeux tout étonnés.

C'était hier. Aujourd'hui, réveillé dès l'aube, je sors de l'hôtel électrisé par une sourde excitation, cours devant moi et, arrêt sur image, je ne me suis pas trompé, encore que j'en demeure pantois : *le Pacifique, la respiration égale, méritant son nom, est là dans un poudroiement de lumière, rose pour les fonds de sable, bleue pour l'eau du large. Il dort dans une vapeur aux confins de laquelle mer et ciel se confondent.*

J'ai pour moi seul une plage déroulée à l'infini ; ne me la disputent que des oiseaux marins. Je m'entends dire en confidence : « Le royaume céleste, s'il était permis d'y jeter un coup d'œil. » Et encore : « Dans sa mansuétude, le bon Dieu ne s'est tout de même pas entièrement détourné du Mexique. »

À l'hôtel, le petit déjeuner nous sera servi, à mon inexprimable joie, dans de merveilleuses tasses ébréchées.

Aussitôt après, nous filons sur Ensenada, la première vraie ville mexicaine à se placer sur le chemin du voyageur, Tijuana laissée un peu plus avant derrière nous n'est qu'un poste-frontière.

Nous ne tardons guère du reste à entrer dans Ensenada et, cette fois, je suis dépassé : découvrir son pays ailleurs, ou ressemblant à s'y méprendre, est-ce une chose dont un esprit sain oserait jamais rêver ? C'est lui, venu à ma rencontre avec ses rues grouillantes, venu me retrouver. Lui où, pour circuler, on préfère la chaussée aux trottoirs ; lui où l'on se voit abordé comme je le suis bientôt par, arrêt sur image, *des fillettes portant des bébés attachés sur leur dos et tendant la main,* que suivent des femmes droites, silencieuses, au regard crêpé de noir. Je me sens rendu à moi-même tel que je suis, et non tenu de donner le change, de paraître pour ce que je ne suis pas, comme je crains de l'avoir fait de l'autre côté.

Quant au reste, qui va m'être très vite révélé, dont je serai assailli à tous les coins de rue, je ne le décrirai pas, cela peut se lire déjà dans mes premiers livres ; mis à part deux faits, deux pratiques qu'il m'aurait été impossible d'observer en Algérie :

1. la confection sous mes yeux des *tortillas* dont j'aurai à me servir à table – avec beaucoup de mal – en guise de pain ; c'est une Indienne impassible, tout en rondeurs, qui procédera à leur confection, assise devant son fourneau à l'entrée de l'auberge indigène où je me rendrai à midi, sans mes compagnons, qui auront affaire ailleurs ;

2. l'émergence pour le moins inattendue, devant moi, alors à table et en train de me battre avec ma première *tortilla,* de trois chanteurs bedonnants, des *mariachis,* lesquels, disposés en rang, se mettent à me donner la sérénade en grattant sur leurs guitares.

Amérique, Amérique

Qu'est-il advenu entre-temps de tous ceux, événements, sites, visages qui, condensés en clichés pris sur le vif, perdurent, instantanés en suspens dans une mémoire, emblèmes inchangés dont il n'importe plus qu'ils aient été fixés une heure auparavant, ou une année, ou des années ? Gens et choses se sont-ils faits images serrées dans une boîte noire pour ne plus en sortir ? Et, y demeurant : images saisies par cette mort fictive dont les images meurent sitôt que l'objectif se saisit d'elles ?

Certes la vie a continué là-bas, comme je suis en droit de le supposer, comme je dois le croire ; elle ne s'est pas arrêtée parce que je suis parti. Mais, de cette vie, qu'est-ce que j'ai gardé entre mes mains ? Des bouts d'un papier sensible impressionnés, bouts de rêve investis par une ombre qui, gagnant un peu plus chaque jour, les ronge ? J'ai bien sûr la ressource de raconter mes images, la parole ne cessera jamais d'être source de vie.

L'Arbre à dires

Me voici donc les racontant, comme un désir soudain m'en a pris, et je découvre l'Amérique ; découvre autre chose derrière le fantasme qui, nourri des représentations qu'on s'en fait et davantage peut-être de celles qui nous en viennent, a nom Amérique. En vérité, l'Amérique, *c'est autre chose.*

Dernière nuit à Los Angeles

Pour être un désert fertilisé, la Californie n'en demeure d'abord pas moins un désert. Températures torréfiantes, le jour, frigorifiantes, la nuit, sécheresse à combattre sans arrêt, menaces d'incendies à prévenir en permanence. La dernière nuit tombe que je vais passer dans la villa mise à ma disposition par une dame qui, trop âgée pour l'occuper elle-même, s'est retirée dans une de ces confortables maisons de retraite pour gens riches.

Je suis allé lui rendre visite. Fine, jolie vieille étreinte par les bras d'un fauteuil qui semblait la protéger de son entourage, des autres, elle n'a pas su à qui elle avait affaire ni de quoi je parlais lorsque je l'ai remerciée de son obligeance. Mais elle s'est tournée vers les amis communs qui m'ont mené jusqu'à elle et aux bons offices desquels je dois d'avoir obtenu l'usage de sa maison, puis, me désignant, elle a eu cette remarque ingénue :

– *He is very handsome. Is he an actor ?* (Il n'est pas mal. Est-ce un acteur ?)

Avant de recevoir une réponse, elle était déjà retombée dans sa distraction.

Prenant congé d'elle, je l'ai saluée alors, sans savoir pourquoi, d'une formule qui n'est plus usitée :

– *Fare you well.*

Tout d'un coup, un sourire radieux a illuminé sa frimousse tout empourprée, sur quoi, d'un battement d'aile, sa main s'est mise à s'agiter dans ma direction :

– *Farewell ! Farewell !*

En arrivant à West Avenue, j'ai trouvé des petits cadeaux qui m'attendaient, déposés sans doute par les mêmes fées qui, ne se laissant jamais voir, surprendre, viennent faire le ménage dès que j'ai le dos tourné.

Âpre est la froidure nocturne dans le désert ; une ultime fois, je branche ma couverture chauffante pour dormir. Le soir approchant, l'air s'est aiguisé, acéré où, depuis mes collines de Mount Washington, j'ai revu Los Angeles se faire le miroir du ciel, puis lui renvoyer l'éclat de ses myriades de constellations. Encore une fois, j'ai regardé cela et mon cœur a bondi dans ma poitrine, ne cherchant qu'à s'évader de sa cage. Le

Pacifique se devinait au-delà, brume ténébreuse
où tout se fond.

Dans le jardin obscur, le moment est venu où
l'engoulevent commence à élever sa plainte
courte, intermittente, discrète. L'engoulevent
que, demain à la même heure, je n'entendrai pas.
J'aurai gagné le large, quant à moi.

Adieu, Amérique

Le jour s'impose avec ses contraintes et ses lois, qui vous veulent ancré dans un paysage, dans des nécessités matérielles, des exigences morales ; la nuit avec la terrifiante liberté du rêve ne veut, elle, que vous rendre à votre jeunesse, à vos ardeurs, à vos passions jamais éteintes. Et vous, entre les deux, dans un va-et-vient perpétuel, forcené, vous vous débattez. Mais l'écriture dans tout cela ? Un tiers état de la vie ? C'est ma dernière nuit dans ma villa de West Avenue : adieu, Amérique.

Adieu, je ne suis plus assez jeune pour toi et je t'abandonne à regret ; mais après avoir tout un temps résumé ma réalité, tu deviendras mon rêve, et maintenant j'écris : « Ton horizon est plus large qu'ailleurs, de quelque côté que l'on se tourne. Tu m'as beaucoup accordé. »

EN MARGE

I

– Comment se fait-il que vous écriviez en français ?

Une question ? Une accusation ? On m'en harcèle encore – après tant de livres publiés. Et quand bien même ce ne serait qu'une simple question, elle me met, je le sens toujours, en demeure de me justifier. J'en attrape des suées à force.

Paradoxe : une question, cette question, qui émane chaque fois de Français – peu désireux il faut croire de se rappeler que l'Algérie a constitué des départements français durant près d'un siècle et demi et qu'ils y ont assumé le devoir d'instruction.

Jamais Algérien ne me l'a posée, cette question ; ou un quelconque étranger.

Au cours de prises de parole en public, j'ai été chaque fois censément querellé de la sorte et, donc, chaque fois par un Français, une fois même

à Stockholm, à la Svenska Akadamien. Là aussi, je
me suis senti comme confondu, comme pris en
flagrant délit de grivèlerie et par conséquent tenu
de me justifier. Je l'ai fait parce que je suis poli,
dans la seule langue que j'écrive et parle naturel-
lement : le français. J'ai grandi dans cette langue.
Ma vie s'y est accomplie. Si bien que, quand je
parle, écris, je n'ai pas conscience que je le fais
en français, je n'ai conscience que du fait que je
suis en train de parler, d'écrire. Je n'ai pas lieu
d'en tirer particulièrement gloire.

II

De toute façon la langue française me va comme un gant. De par son tempérament, s'entend de par sa disposition à dire plus, voire autre chose que ce qu'elle dit, au moyen de ce léger glissement des acceptions d'un même mot dont elle a le secret, et du clavier de sa syntaxe plus tempéré qu'on ne le croit.

À moins que ce ne soit l'inverse : que je ne lui convienne par tempérament. Ce n'est pas, ce disant, de mon tempérament de poète ou de romancier qu'il s'agit, mais de tendances innées : il y a dans le français une *transparence obscure* qui me convient, dans laquelle à tort ou à raison je me reconnais. Sous sa surface lisse, indubitablement dorment cent villes d'Ys avec leurs mystères et leurs traîtrises. Comme à vivre aux côtés de l'être le plus proche : à écrire en français on côtoie sans cesse un gouffre insoupçonné.

Racine a composé ses tragédies, et une comédie

en prime, avec deux mille mots, semble-t-il. On s'est étonné de la pauvreté de son vocabulaire, quand il aurait fallu s'étonner du parti qu'il a tiré de chaque mot, ainsi que de la richesse illimitée en connotations, suggestions d'une langue qui, chez lui, parvient à exprimer l'indicible.

Mais la langue française sait aussi s'accommoder de la pléthore, des abondances, des accumulations verbales. Je songe à Rabelais ou, de nos jours, à Claudel. C'est à n'en pas douter l'autre face du français, la face *gothique* et *romantique*, celle d'avant l'ère classique, puis d'après ; pour ma part, je dirais la face vernale.

Il n'en reste pas moins que cet idiome-là vise chez ses usagers, on le sent, un point de fusion ou de résolution qu'ils tentent (les usagers) de trouver dans une formule, *la formule*, par un désir tâtonnant de rejoindre la langue « classique » ; pour ma part, je ne dirais pas classique mais moderne, celle dont Stendhal a administré une belle leçon avec *Le Rouge et le Noir*. Le français a évolué dans le sens de l'atticisme et telle en demeurera la tendance dominante. Eschyle à un bout, Démosthène à l'autre ne sont pas de minces références après tout.

III

Nous sommes contenus dans l'espace du signe.

Mais nous n'y sommes pas enfermés, ou nous le sommes en résonance avec d'autres êtres (humains, animaux, végétaux, minéraux) comme les signes eux-mêmes le sont avec d'autres signes. En *résonance* est dit conformément à l'emploi que la physique fait de ce mot : augmentation de l'amplitude d'une oscillation sous l'influence d'une action périodique de fréquence voisine. Nous réagissons, pouvons-nous dire, en sympathie.

Il n'y a rien qui ne nous fasse signe et que nous ne soyons en mesure de déchiffrer. Il n'y a rien d'écrit que nous ne soyons capables de lire. Mais si, de même, notre chair et notre mémoire sont écrites, ce n'est nullement de manière à aliéner notre liberté. Si elles disposent de nous, nous disposons d'elles aussi. Chacun de nous est un livre dont il est également le héros, et quel héros : de force à s'en évader et à en avoir une vue planante, cavalière.

Le signe a partie liée avec la mémoire pour sûr, mais sans être la mémoire, il est ce qui agit sur la mémoire sans se confondre avec elle, la mémoire étant ce qui est là, toujours présent ; ce qu'on ne peut dire du signe.

La mémoire se parcourt en en remontant, ou en en redescendant le fil ; et à partir de n'importe quel point souhaité d'ailleurs ; tout comme s'il s'agissait d'un livre.

Le signe ne peut être lu que comme une constellation circonscrite, un impact de l'instant dans l'espace mental.

IV

Il est arrivé à nos oreilles qu'il existe à Paris un groupe de gens qui écrivent aussi des livres, tout comme nous. Cela fait assez de bruit par moments pour qu'on le croie.

Ils écrivent dans la même langue que nous. Cela peut paraître étrange. Ils sont des francophones aussi. Nous ne sommes sans doute pas les seuls à avoir inventé la francophonie. Ils ont dû à leur tour inventer quelque chose qui y ressemble.

Nous ne les connaissons pas de toute manière. Nous ne savons pas non plus ce qu'ils écrivent, ni comment ils écrivent. C'est que, d'un côté comme de l'autre, nous ne nous préoccupons pas d'aller voir ça de près : ils n'ont pas gardé les chameaux avec nous, ni nous, n'avons gardé les cochons avec eux.

En fait, nous ignorons qui est le francophone de l'autre. Nous, nous écrivons en français, et

197

eux, allez savoir en quelle francophonie. Parce que, après tout, je veux bien admettre qu'ils sont Français, et pas nous.

Bien sûr que la question n'est pas là. Elle est que le *meilleur* gagne ! Pour autant que cela intéresse les uns (nous) ou les autres (eux) de le savoir.

V

La lecture comme voyage organisé. On le sait, il y
a les voyages organisés, et les autres, qui ne sont
pas forcément inorganisés, mais qu'on organise
soi-même, avec une probabilité incertaine d'aléas.
On aborde la lecture d'un livre de façon analogue.
Les deux formules ont leurs avantages, on s'en
doute. De nos jours toutefois, il semble qu'on pri-
vilégie de loin et, de plus en plus, la première : la
lecture organisée. On se prive ainsi du plaisir de la
découverte, de l'aventure. Mais a-t-on vraiment le
choix ? L'époque vous voit d'un mauvais œil voya-
ger d'une autre manière. Un éditeur aujourd'hui
n'est plus un monsieur qui se contente de vous
proposer des voyages (dans les livres), il tient aussi
sa propre agence, je veux dire un service de presse
qui vous guide dans ces voyages et qui est en même
temps un service de promotion. Il ne vend donc
pas que des livres, il en vend aussi le mode d'emploi. Journaux, radios, télévisions, affichages,

relayant son action, les mass media s'empressent dans leur ensemble de lui prêter main-forte, de lui offrir leurs supports dans la mesure où ils lui supposent du répondant. Seuls les naïfs, pourtant soumis au matraquage des incitations d'achat, croient encore le domaine intellectuel préservé de la réification générale qui ravale le livre au rang de produit et veut que l'argument commercial – le nombre d'exemplaires vendus, entre autres – devienne l'aune à laquelle on devrait mesurer la valeur d'une œuvre de l'esprit.

Il apparaît de plus en plus qu'il n'y a rien là que de très normal. À l'ère de la pub, le commerce se fait art. Pourquoi pas ? Et on a découvert mieux dans le secteur du livre : l'idée qu'il serait encore plus intéressant, plus original, de faire de l'écrivain lui-même un guide à l'intérieur de sa création. La chose est entrée dans les mœurs. On trouverait incompréhensible aujourd'hui qu'un auteur ne se soumette pas à cette exhibition. Beaucoup d'entre ceux-ci le font, il faut dire, avec délice, beaucoup s'improvisant cicérones vous proposent des circuits dans leur territoire littéraire, quand ce n'est pas dans leur vie privée. Et ce, de livre en livre.

Attendre d'un écrivain d'être éclaireur et guide dans sa propre œuvre c'est, en toute objectivité, commettre deux erreurs.

La première erreur, et la plus évidente, consiste

à se priver des joies de la découverte en évitant de se lancer à corps perdu dans une traversée solitaire. Cela demande un certain courage ? Probable.

L'autre inconvénient, moins apparent, est que tout livre échappe à son concepteur par quelque côté. Que fait-il celui-ci dès lors qu'il coiffe la double casquette de pilote et de commentateur ? Il *refait* son œuvre dans le moment où il en parle. Il ne peut s'en empêcher, n'étant plus placé dans les conditions où il l'a composée. Il vous entretient de tout autre chose que de la chose que vous tenez entre les mains. En fait, il est comme vous, lecteur, devant son œuvre : elle lui est devenue étrangère, opaque, au sens où elle ne lui livre pas plus qu'à vous ses secrets. Donc il fabule sur elle. Mais fabulant, il est susceptible de se révéler intéressant.

Ce qu'il faut savoir : de quelque œuvre qu'il s'agisse et alors même qu'elle serait de la dernière actualité, son auteur l'a déjà laissée loin en arrière, il est déjà engagé dans sa création future, laquelle rend indifférente à ses yeux celle qui a précédé.

Fortes, inoubliables paroles de Clint Eastwood au sujet des films qu'il réalise lui-même : « Je ne me soucie pas de plaire à des mangeurs de pop-corn, seraient-ils quarante millions. »

VI

Norman, Oklahoma. Le directeur de l'université m'a prié à dîner. Dès le seuil, à mon entrée dans son cottage, fond sur moi, accompagnant la voix d'une dame à qui on aurait pincé les fesses, la musique aigrelette d'un disque ou de la copie d'un disque rayé, d'avant l'enregistrement électrique. Déjà présents, quelques professeurs sont là qui écoutent, recueillis. Et le directeur, me secouant le bras dans un vigoureux shake-hand :

– Vous reconnaissez l'artiste qui chante, n'est-ce pas ?

J'avoue mon ignorance.

– Comment ! se récrie-t-il. Mistinguett !

Il tend l'oreille vers le tourne-disque, secoue la tête en souriant.

– Ah, Mistinguett !

De nouveau, il se remet à écouter l'air de music-hall ; il a la tête de Harry Truman, le pré-

sident qui a fait lâcher les bombes atomiques sur le Japon. Puis il m'entreprend à brûle-pourpoint :
— Vous l'avez sûrement connue ?
— Connu qui ?
— Mistinguett, voyons !
Pouffer n'aurait pas été de mise en pareille compagnie ; je dis modestement :
— Je suis hélas un peu jeune pour l'avoir connue.
Et tout d'un coup, je comprends : il a mis ce disque en mon honneur.

VII

La *dernière* catharsis vécue par un certain monde qui deviendra le monde chrétien aura été la crucifixion de Jésus. Après semblable secousse, plus aucune médication de la psyché de même nature ne saura avoir lieu, l'occasion qui l'a suscitée ne pouvant se reproduire. *Cela,* une fois advenu : le mot et jusqu'à la notion de catharsis qu'il sous-tend perdent tout sens pour la nouvelle humanité. Et si, de près ou de loin, il y est fait encore allusion – au mot et à la notion – ce ne sera plus que comme façon de parler et par référence à des événements d'ordre mineur en comparaison. Un Dieu a désormais remplacé toutes les divinités, et remplacé jusqu'au Fatum, jusqu'au Destin. Que des guerres éclatent désormais, que des massacres, des holocaustes s'accomplissent et, semblables, se poursuivent au fil du temps, ils cessent d'avoir tout effet de catharsis, la mort de Jésus sur la Croix ayant mis en scène l'ultime événement promettant la purification et le salut au genre humain. La créature est rédimée au siècle des siècles et, comme ni la mise en croix ni son occurrence ne sont appelées à se renouveler, qu'il est même impensable qu'elles se renouvellent, elles ne sauraient être appelées à faillir, il est même impossible qu'elles faillissent.

Serait-il alors incongru de supposer que l'Islam, dans un souci pragmatique, ou par quelque intuition de cette espèce, ne réfute la thèse de la mort de Jésus sur la Croix qu'afin de laisser après tout à la catharsis sa liberté de jeu, le loisir de fonctionner à nouveau, d'opérer en tout temps et tout lieu ?

VIII

Freud : « Il en va de la déformation d'un texte comme d'un meurtre. » C'est dans *L'Homme Moïse et la religion monothéiste.*

Cela implique, au moins dans la pensée de Freud, qu'un texte, un livre, est un être vivant et, en tant que tel, « sacré ».

J'irai jusqu'à paraphraser Freud et soutenir qu'il en va de l'*explication* d'un texte comme d'un meurtre.

On peut se poser ensuite la question : à quoi sert un meurtre ?

IX

En fait, je me rends compte que je n'ai jamais eu
le sentiment de m'être mis à écrire un livre et
puis, ce livre achevé, d'avoir tiré un trait pour en
commencer un autre. Dès le départ, j'ai su que
j'écrirais quelque chose d'ininterrompu, peu
importe le nom qu'on lui donne, quelque chose
au sein de quoi j'évolue et avec quoi je me bats
encore après cinquante ans d'écriture. La même
matière, le même univers, la même œuvre – si on
veut ! – mais rien qui progresse linéairement, tout
droit devant. Plutôt, qui pousse par récurrences,
à la façon d'une étoile et, comme tel, rayonne
dans tous les sens, plus fort dans un sens à un
moment donné, plus fort dans un autre à un
autre moment.

Ceux qui ont eu la curiosité de me lire pour-
ront en témoigner. De l'un à l'autre de mes livres,
des passerelles sont jetées, non d'une manière cal-
culée mais comme la conséquence naturelle

d'une manière de procéder, traverses qui relient chaque livre à un autre, nullement dans une succession logique, mais organique. Car ce n'est pas une suite romanesque, ou poétique, que je me suis efforcé de mettre sur pied, j'ai été tenté au contraire par l'aventure que constitue une exploration tous azimuts. Aussi dans ce dédale intime, des fils d'Ariane courent, se croisent, se tendent, se détendent, secrets et apparents à la fois. Aussi des personnages, des lieux réapparaissent, des situations se recréent. Peut-on vraiment parler d'avancées par récurrences ? Je me le demande.

X

L'arbre à palabres, c'est l'arbre en Afrique sous lequel on débat des sujets, les plus divers, qui agitent cases et ajoupas. *L'Arbre à dires,* expression trouvée par un enfant, c'est plutôt l'être parlant, tout être parlant, et ses paroles peuvent être de vous, de moi, d'Einstein ou de n'importe qui ; et Einstein lui-même, une fois sorti de ses spéculations, qui aurait dit comme chacun de nous : le soleil s'est levé, ou le soleil s'est couché, faisant ainsi tourner le soleil autour de la terre, de lui, de nous.

Les paroles de *L'Arbre à dires* pourraient sourdre aussi bien de l'arbre à palabres, du Ciel, de cet air entre arbres et ciel.

Quelles conclusions serait-il possible de tirer de cette lecture ? En ce qui me concerne, ma conviction est faite : l'homme ne devient homme qu'en devenant être parlant et, si ses œuvres semblent obéir, dans le processus de leur production, à des nécessités, des lois, des codes antérieurs, qui l'ont précédé, en revanche lui, l'homme, comme *être parlant*, il garde toujours sa franchise de collier, libre de disposer de soi, de s'inventer, de s'étonner lui-même et d'étonner le monde, à chaque instant.

Et au moment où la parole s'arrête sur un cri, puis sur le silence qui suit le cri, et que l'homme sidéré subit le souffle d'une bombe dont il n'entendra jamais l'explosion, entre alors en tenue de gala la Muette : « Un cadavre n'a de nom dans aucune langue » (Bossuet).

TABLE

L'Arbre à dires

DU MÊME AUTEUR

*Grand Prix de la Francophonie
de l'Académie française*

Grand Prix du Roman de la Ville de Paris

AUX ÉDITIONS ALBIN MICHEL

L'Infante maure, 1994
La Nuit sauvage, 1995
Si Diable veut, 1998

AUX ÉDITIONS DU SEUIL

La Grande Maison, 1952
L'Incendie, 1954
Le Métier à tisser, 1957
Un Été africain, 1959
Qui se souvient de la mer, 1962
Le Talisman, 1964
Cours sur la rive sauvage, 1966
La Danse du roi, 1968
Dieu en barbarie, 1970
Formulaires, 1970
Le Maître de chasse, 1973
Omneros, 1975
Habel, 1977
Feu beau feu, 1979
Mille houras pour une gueuse, 1980

AUX ÉDITIONS GALLIMARD

Au Café, 1956
Ombre gardienne, 1961

AUX ÉDITIONS LA FARANDOLE

Baba Fekrane, 1959
L'Histoire du chat qui boude, 1974

AUX ÉDITIONS SINDBAD

Les Terrasses d'Orsol, 1985
Ô vive, 1987
Le Sommeil d'Ève, 1989
Neiges de marbre, 1990
Le Désert sans détour, 1992

AUX ÉDITIONS DE LA REVUE NOIRE

*Tlemcen
ou les lieux de l'écriture,* 1994

AUX ÉDITIONS TASSILI

L'Aube, Ismaël, 1996

*Cet ouvrage a été composé
et achevé d'imprimer sur Roto-Page
par l'Imprimerie Floch à Mayenne,
pour les Éditions Albin Michel
en septembre 1998.*